LE SAGE VISIONNAIRE.

TRAGI-COMEDIE.

Par I. D. B. I.

A PARIS,
Chez IEAN HENAVLT, au Palais, dans la Salle Dauphine, à l'Ange Gardien.

M. DC. XLVIII.
Auec Priuilege du Roy.

Garnier

A MONSEIGNEVR
FRANÇOIS DE LA FAYETTE,
EVESQVE DE LIMOGES.

ONSEIGNEVR,

Les Pieces de Theatre sont auiourd'huy si considerées, & trouuent tant de complaisance dans l'esprit des honnestes gens; que la saincteté mesme, & la vertu prennent enuie de monter sur la Scene, pour se faire aymer. Ce n'est pas qu'elles n'eussent assez d'attraits, & d'agrémens naturels, sans le secours de ce déguisement, si toutes les Ames estoient de mesme éleuation, & de mesme trempe que la Vostre : Mais le petit nombre de ces esprits si penetrans, pour qui nous n'auons que des respects, & de l'admiration, n'empesche pas, que nous ne deuions encore aux personnes vulgaires, quelque condescendance. Aprés tout, ie croy que ce n'est pas desobliger les beautés celestes, qui paroissent icy, de les trauestir, & leur ietter quelque voile sur le visage, pour les sauuer du bannissement. Nous tirons tousiours grand auantage de leur conuersation, de quelque façon qu'elles demeurent parmy nous ; & quelque habit qu'elles empruntent, elles sont tousiours elles-mesmes. Vous auez, MONSEIGNEVR, *assez de lumieres pour discerner leurs propres graces naturelles, d'auec le masque grossier, & les sombres couleurs que ie leur donne ; vous sçaurez bien aussi separer, ce qui ne doit seruir qu'à soulager des yeux malades, d'auec ce qui peut contenter les sains ; Et ie me promets que vous aurez encore assez de bonté, pour ne reietter pas ce* SAGE

VISIONNAIRE, *dont toutes les imaginations, sont des veritez infaillibles. Ce n'est pas vn enfant d'vn iour, ny d'vn mois; il a des années plus qu'il n'en faut pour auoir du raisonnement; estant né d'vn pere assez rigoureux à son endroit, qui l'a tenu long-temps enfermé, sans vouloir permettre qu'il vist le iour. Que s'il en est moins agreable, n'ayant acquis dans cette longue captiuité, que de l'âge, & des rides; peut-estre aussi qu'en recompense, il sera plus capable de seruir le public. De là,* MONSEIGNEVR, *i'ay suiet d'esperer, que vous luy donnerez quelques œillades fauorables, qui pourront éclairer ses tenebres, & le purger de tous ses defauts. Et quand vous ne luy feriez que le bien de le receuoir auec indifference, sans le caresser; il sera tousiours trop heureux, de tomber en des mains, où les choses profanes deuiennent sacrées. Ie declarerois au Public, par combien de tiltres, il doit estre à* Vous; *si ie ne craignois, qu'il en reiaillist sur moy quelque rayon de gloire qui me seroit trop auantageux.*

C'est assez que ie m'en explique à Vous seul, par ce leger present; qui sera toûjours recompensé par dessus son merite, pour m'auoir donné iuste suiet de publier, par tout où l'on verra ce petit Ouurage, que i'ay l'honneur d'estre, autant par inclination, que par deuoir,

MONSEIGNEVR,

Vostre tres-humble, & tres-obeissant seruiteur

I. D. B. I.

LE SAGE VISIONNAIRE.

TRAGI-COMEDIE.

PROLOGVE.

LA VERITÉ.

VAINES illusions, enchantemens des hommes ;
Que vous en abusez, dans le Siecle où nous sommes !
Que d'erreurs vous iettez dans les plus forts esprits !
Que vostre faux éclat en a desia surpris !
Helas ! à quoy me sert d'estre si naturelle,
Si simple en mes atours, si naïue, & si belle,
D'auoir tant de franchise, & de sincerité ?
Enfin à quoy me sert d'estre la Verité,
Sans fard, sans artifice, & presque toute nuë,
Puis qu'auec tant d'éclat ie demeure inconnuë ?
Dans les plus sombres nuicts ie porte le flambeau,
Ie découure aux humains tout ce qu'on voit de beau,
Ie leur fais discerner les histoires, des fables,
I'estale à leurs esprits des secrets adorables ;
La fausseté, l'erreur, & le déguisement,
Deuant moy, ne sçauroient subsister vn moment.

Les Oracles Diuins passent tous par ma bouche,
Quiconque me peut voir, les comprend, & les
touche.
Mille nœuds embroüillez, & mille questions,
Viennent prendre de moy leurs resolutions ;
Les Doctes chaque iour m'offrent mille victimes,
Ils empruntent de moy leurs plus belles maximes:
Les plus rares esprits ont pour moy de l'amour,
Et ne prennent plaisir qu'à me faire la Cour.
Mais helas ! tant d'attraits ne sçauroient satis-
faire,
Ny l'illustre ignorant, ny l'insensé vulgaire.
Mon teint trop delicat leur offense les yeux,
Et ma clairté leur est vn obiect odieux.
Vne beauté de plâtre, vne ieune fardée,
Indigne de paroistre, & d'estre regardée,
Rauit pourtant les cœurs, donne au monde la
Loy,
Et trouue infiniment plus de credit que moy.
Si ie prens vne hutte, elle emporte vne ville ;
Si ie gagne vn amant, la trompeuse en fait mille;
Et pour vn qui me rend des honneurs immortels,
Les Royaumes entiers luy dressent des Autels.
Et quoy, seray-ie donc à iamais méprisée ?
Seray-ie donc tousiours, la fable, la risée,
L'opprobre, & le rebut du vulgaire ignorant,
Qui laisse le vray bien, pour choisir l'apparant?
Mais d'où luy peut venir vne telle folie ?
N'est-ce point que la chair tient l'ame ensevelie,
Dans le fonds tenebreux d'vne estroitte prison,
Et que le corps massif fait ombre à la raison ?
Sans doute, c'est de là que ce mal-heur procede;
Il y faut promptement apporter du remede.
Et pour aller d'abord à la source du mal,
Il se faut souuenir que l'homme est animal,
Il a trop de matiere, & ie suis trop subtile :
Moins de perfections me rendroient plus vtile.

Ie veux m'accommoder à son infirmité;
Dieu mesme nous l'apprend, & veut estre imité.
Cét Esprit souuerain, de qui tout participe;
Qui n'est que de soy-mesme, & n'a point de principe;
Cét Estre, qui remplit tout ce que nous voyons,
Qui iusques aux Enfers, lance quelques rayons;
Et qui, sans se mouuoir, fait gronder le tonnerre,
Cause des tremblemens dans le sein de la terre,
Guide le cours des Cieux, lasche la bride au vent,
Et fait creuer les flots contre vn sable mouuant.
Bien qu'il soit le support de toute creature,
L'Esprit de l'Vniuers, l'Ame de la nature,
Et que tout ce qui vit, de moment en moment,
Prenne de sa vertu, l'estre & le mouuement:
Tandis qu'il est porté, comme cause premiere,
Sur les ailes des vents, dans son char de lumiere;
Auec tout cét éclat, il le faut auoüer,
A peine trouue-t'il qui le daigne loüer:
Il est quatre mille ans, sans que presque vn seul homme,
S'empresse de sçauoir mesme comme il se nomme;
Et seroit auiourd'huy, sans culte & sans Autel,
S'il ne se fust couuert d'vn corps foible, & mortel.
Quelques attraits qu'il eust, il estoit impossible
Qu'il se fist des amans, qu'en se rendant visible.
Tous ses autres bien-faits estoient de vains appas,
Impuissants, inconnus, & qui ne touchoient pas.
L'homme veut des objets façonnez à sa guise;
S'ils ne frappent les sens, il faut qu'on les déguise;
Veut-il se figurer le mouuement des Cieux?
Il y forge des gonds, des cercles, des essieux,
Il marque des maisons à l'Oeil de la nature,
Il le fait promener autour d'vne ceinture;
Chaque Astre déguisé d'vne estrange façon,

Sous la forme d'vn Chien, d'vne Ourse, d'vn
Poisson,
Est contraint d'enfiler vne course, bordée
De cent monstres diuers, qui ne sont qu'en idée.
Le Poëte poussé d'vne saincte chaleur,
Montre aux yeux des objets qui n'ont point de
couleur;
Et ce qui n'eut iamais ny forme, ny figure,
Vient souuent prendre vn corps, au sein de la
Peinture.
Ainsi pour obtenir que les pauures humains
Me puissent voir à l'œil, & toucher de leurs
mains,
Ie veux de quelque voile obscurcir ma lumiere,
Me rendre, si ie puis, sensible, & familiere,
Habiller mes secrets d'vn grossier vestement,
Leur donner voix, parole, organe, & mouue-
ment.
Ainsi les passions, la peine, les delices,
La fortune, l'honneur, les vertus, & les vices,
Et iusques aux Esprits, sous des corps emprun-
tez,
Seront moins inconnus, seront moins rebutez,
Entreront par les sens, iusques au fonds de l'ame;
S'y verront entourez d'vne plus viue flame.
S'y feront mieux sentir, sous ces masques diuers,
Et pour estre cachez, seront plus découuerts.

Fin du Prologue.

LE SAGE

ACTEVRS.

MISANDRE,	Celebre Enchanteur.
DORANTE,	Ieune Seigneur Cosmopolitain.
CYTHEREE,	Fameuse Magicienne.
ZOSIME,	Gouuerneur de Dorante, & frere d'Eudemon.
PAMPHILE,	Confident de Dorante.
EVDEMON,	Gouuerneur de Pamphile, & frere de Zosime.
PIRASTE,	Ennemy de Zosime, & frere de Polemon.
POLEMON,	Ennemy d'Eudemon, & frere de Piraste.
ANDROMIQVE,	Gentil-homme du voisinage.
CHRYSON,	Intendant des Mines.
EVTIQVE, EVDOXE,	Esclaues de Chryson.
ASTREE.	Reyne de Cosme.
HERMES,	Ambassadeur.
ALIDOR,	Ieune villageois.
CLEON,	Pere d'Alidor.
VN LAQVAIS.	
VNE OMBRE.	

La Scene est à Cosme.

LE SAGE VISIONNAIRE.

TRAGI-COMEDIE.

ACTE I.

SCENE PREMIERE.

MISANDRE.

QVICONQVE me regarde en ce pauure équipage,
Sans escorte, sans train, sans gardes, & sans Page,
Borgne, boiteux, manchot, difforme, contrefait,
Et coupable des maux que tout le monde fait;
Quiconque, en me voyant, iuge de l'apparence,
Qu'il apprenne aujourd'huy quelle est son ignorance;
Qu'il sçache qu'on me sert, & m'honore en tout lieu,
Et q[illegible]ut l'Vniuers m'adore comme vn Dieu.
Tel que vous me voyez, i'ay pris au Ciel naissance;
Le Paradis Terrestre a connu ma puissance;

I'ay reduit sous ma Loy la plufpart des humains;
Et l'Ange criminel a paſsé par mes mains
C'eſt moy ſeul qui rauis l'innocence, & la grace,
N'en laiſſant où ie ſuis, ny veſtige, ny trace.
C'eſt moy qui puis ouurir d'eternelles priſons;
Et fermer pour iamais les celeſtes maiſons.
La mort a pris de moy ſa faucille & ſes fléches,
Ie porte tous ſes coups ; ie fay toutes ſes bréches,
Et c'eſt par mon moyen qu'on luy voit ſurmonter,
Ce qu'elle n'euſt osé ſeulement affronter.
C'eſt moy qui fis couler la premiere eſtincelle
Dans le ſoulfre embrasé d'vne ardeur eternelle.
Quelle femme n'apprend par ſes enfantemens,
Combien ie puis cauſer de rigoureux tourmens?
I'ay ſemé tous les champs de ronces, & d'épines:
Les guerres, les poiſons, les peſtes, les famines,
L'orgueil, le deſeſpoir, la colere, l'effroy,
Et tous les autres maux, ne viennent que de moy.
Si le Ciel irrité, verſant onde ſur onde,
Dans vn triſte deluge a noyé tout le monde;
Si l'on a veu pleuuoir des flâmes à torrents;
Si dans l'air on a veu des Cheualiers errants,
Et des monſtres de feu liguez contre les Aſtres;
Preſages de mal-heurs, de morts, & de deſaſtres;
Si ce bas Element n'eſt qu'vn vaſte cercueil,
Que tant de ſombres nuits tiennent couuert de dueil;
Si la terre en deſordre eſt toute confonduë,
C'eſt à moy ſeulement que la gloire en eſt duë.
Sans moy, l'homme icy bas n'auroit point d'ennemis,
Les ſens à la raiſon parfaitement ſoûmis
N'exciteroient iamais de ces fureurs brutales,
Qui n'ont que de l'excez, & des ſuites fatales.
Au reſte, quelque mal que ie faſſe aux m[illegible]els;
Sans ceſſe leur encens brûle ſur mes Autels;
Et i'ay beau les charger de fers, & de ſupplices;

Plus ie leur fais de mal, plus i'ay de ſacrifices.
Il eſt vray que de peur qu'ils ne ſoient rebutez,
Ie me couure ſouuent d'ornemens empruntez;
Quelquefois ie me cache au milieu des delices,
Le vin, l'amour, le ieu, me ſeruent de complices;
La ieuneſſe & le fard monſtrant vn luſtre faus,
Font vn maſque agreable à mes ſales défauts.
Tantoſt brillant en or, ie prend pour couuerture,
Tous les threſors de l'art, & ceux de la nature.
Ie me gliſſe ſouuent auec ſubtilité,
Sous le thrône éclattant de quelque dignité;
Ie me couure de tout, meſme des choſes ſainctes;
La priere fournit vn pretexte à mes feintes,
Le Temple y ſert encore, & ie n'ay rien de tel,
Que de m'aller nicher quelquefois ſous l'Autel.
Ainſi pour me garder de rebut & de perte,
Ie ne parois iamais à face découuerte;
Et ma propre laideur n'ayant pas vn amant,
I'en ſçay faire beaucoup par le déguiſement.

SCENE SECONDE.

MISANDRE, ZOSIME, PIRASTE,

ZOSIME.

VA maudit impoſteur, va monſtre impitoya-
ble,
Cache au fonds des Enfers ce viſage effroyable,
Hors d'icy mal-heureux, peſte de la vertu,
N'infecte plus nos yeux, d'éloge, qu'attends-tu?

PIRASTE.

Reuien, mon cœur, reuien, mon amour, mon idole;
Pourquoy t'eſtonnes-tu d'vne vaine parole?
Tiens ferme, & mocque-toy de ce perſecuteur;
Laiſſe faire à Piraſte, il eſt ton protecteur:

Il peut exterminer ceux qui te font la guerre,
Et les precipiter au centre de la terre.

ZOSIME.

Fanfaron? sçais-tu bien, qui ie suis ? qui ie sers?
Et que mon Maistre, & moy, te sçauons mettre aux fers ?

PIRASTE.

Ie ne le sçay que trop ; & c'est ce qui m'irrite.

ZOSIME.

Sçais-tu que le garçon commis à ma conduite,
Cét aymable Dorante, est l'amy, l'adopté,
Le fils, & l'heritier de cette Majesté ?
Sçais-tu que ce grand Roy le cherit, le caresse,
Et, pour ce qui le touche, à tel poinct s'interesse,
Qu'il en prend tout le soin ; & luy fait cét honneur
De luy vouloir donner luy-mesme vn Gouuerneur?
Que ie suis de sa main, pourueu de cét office ?
Et qu'on ne peut douter qu'il ne me soit propice?
Le sçais-tu ?

PIRASTE.

Que m'importe auec tous tes discours,
Ie seray plus puissant que ton foible secours,
Que ton Roy dépité renuerse sa couronne,
Qu'il mutine sa Cour, qu'il tempeste, & qu'il tõne,
Misandre toute-fois ne s'éloignera pas,
Il sera chez Dorante, il comptera ses pas,
Et les rudes efforts que ton zele prepare,
Seront éuanoüis, auant qu'on les separe.
Dorante peut-il pas aymer ce qui luy plaist?
Donques, s'il veut aymer Misandre tel qu'il est,
Par quelle loy du sort, & par quelle puissance
N'auroit-il plus vn droit qui tient à son essence?
Il est né franc & libre.

ZOSIME.

Estrange liberté
De pouuoir s'engager dans la captiuité !
De seruir aux meschants d'esclaue volontaire,
Et se rendre le mal par son choix necessaire !

PIRASTE.

Heureuse liberté qui n'a point de lien !

ZOSIME.

Heureuse d'en auoir qui l'attachent au bien.

PIRASTE.

Nul ne peut estre heureux en souffrant la torture;
Et si le bien n'est libre, il change de nature.

ZOSIME.

Ignorant! dans l'estat de la felicité,
N'ayme-t'on pas le bien auec necessité ?
Laisse-t'il pour cela d'estre vn bien volontaire,
Encore qu'on n'ait plus le pouuoir de mal faire?

PIRASTE.

Cét estat de bon-heur, & de contentement,
Ne m'est qu'vne chimere, ou plustost vn tourment.

ZOSIME.

Meschant! Ose-tu bien, sans craindre l'anatheme,
De ta bouche d'Enfer vomir vn tel blasphéme?
Dieu du Ciel, iuste iuge, & vangeur des humains!
A quoy sert ce carreau qui gronde dans tes mains?
Mais tu peux faire vn frein à ce mõstre farouche,
D'vn signe, d'vn clin d'œil, d'vn souffle de ta bouche,
Auecque ton secours, auecque ton appuy,
Ie n'ay rien à douter, ie suis plus fort que luy,
Ie dompteray sa rage, & vaincray sa manie.

I'ay honte seulement d'estre en sa compagnie,
Et ne puis plus le voir, ny l'oüir sans courroux;
Ministres de Satan, allez, retirez-vous.
N'infectez-plus mes yeux d'vn obiet si funeste,
Fuyez de ma presence, allez, ie vous deteste.

PIRASTE.

Va toy-mesme, impuissant, va tirer du danger
L'adopté de ce Roy, que tu veux proteger:
C'est là que ie t'attend, i'y cours en diligence,
Pour t'y faire sentir les traits de ma vengeance.

SCENE TROISIESME.

ZOSIME seul.

IMprudente ieunesse; helas! dans quel mal-heur
T'engage ton excés de sang, & de chaleur!
Que ton âge est glissant! que ta cheute est facile,
Que tes vices sont forts, & ta vertu debile!
Ie te voy, cher Dorante à ma garde commis,
Nuit & iour inuesty de cruels ennemis,
Qui n'ont autre dessein que de perdre ton ame,
Luy faisant quitter Dieu, pour vn plaisir infame,
Ie me ligue pour toy, ie prend ta cause en main,
Ie te veux ramener, mais helas! c'est en vain;
Tu n'entends pas ma voix, & ton ame insensée,
Laisse plustost entrer quelque noire pensée.
Tu n'as pour mes conseils que de l'auersion;
Tu ne suis que la chair, le sens, la passion
Vn traistre, vn seducteur, vn ennemy perfide,
Te pert en t'esloignant de ton fidele guide:
Il court au precipice; aueugle tu le suis:
Ie te veux arrester; mais, ingrat, tu me fuis:
Funeste aueuglement, estrange ingratitude,
Qui se rit de ma peine, & lasse mon estude.
C'est ainsi que nos soins sont payez de mépris,

Et qu'on fait plus d'estat des plus malins esprits.
Mille autres, comme moy, forment la mesme plainte,
Souffrants du mesme mal ou l'effet, ou la crainte.
Mais ie tarde vn peu trop, mon riual ne dort pas,
Il le faut preuenir : courrons y de ce pas.

SCENE QVATRIESME.

DORANTE.

Est-ce le bon esprit, ou le mauuais genie,
Qui me fait si long-temps souffrir sa tyrannie?
Ie vay, ie viens, ie cours, ie n'ay point de repos;
Ie prens mille desseins, & change à tout propos.
Mon ame a plus de flots qu'vne mer irritée,
De tempeste, d'orage, & de vents agitée;
Mille obiets differens s'offrent à mon desir,
Ie veux, & ne veux pas; ie ne sçay que choisir.
Tantost le bien me plaist, & tantost il me fasche,
En vn temps ie suis prompt, en l'autre ie suis lasche;
Les delices, le ieu, l'amour, la liberté,
M'offrent du déplaisir, & de la volupté.
Ce qui flatte mes yeux, émeut ma fantaisie,
L'appetit s'en ébranle, & l'ame en est saisie.
Mon desir, & mon cœur s'y portent iour & nuit:
Et puis, ie m'en dégoute, & trouue qu'il me nuit.
Quelque-fois la vertu me paroit toute aymable,
Son prix, & son éclat me semble inestimable:
Aprés, en moins de rien, mon esprit abbatu,
Trouue au vice vn appas, qui manque à la vertu.
L'vn a quelque douceur qui m'attire, & me charme,
L'autre par sa rigueur me rebutte, & m'allarme.
Il me semble par fois que i'ayme la pudeur,

Mon ame à sõ aspect n'est que flâme, & qu'ardeur;
Aprés, dans vn instant, son visage est farouche,
Et pour elle, mon cœur est plus froid qu'vne souche.
Si bien qu'vn mesme obiet me fait naistre en vn iour,
Le mépris, & l'estime, & la haine, & l'amour.
Ie veux enfin sortir de cette seruitude,
Ce sera desormais ma principale estude.
Ie ne puis plus souffrir tous ces desseins flottans,
Ces demi-volontez ont duré trop long-temps.
Il faut prendre party, sans tarder dauantage;
Ou le chemin estroit, ou le libertinage,
Le vice, ou la vertu, doiuent estre mon choix;
Tous deux? il ne se peut. Ou le monde, ou la croix.
Le mõde? il est chãgeant, fourbe, plein d'artifice,
Il n'ayme que l'excés, le desordre, & le vice;
Toute sa pompe est vaine, & ses plaisirs sõt creus;
Ce qu'il montre est charmant, ce qu'il cache est affreus.
La croix? Elle est pesante, austere, insupportable,
Elle pique, elle blesse, elle charge, elle accable.
Mais Dorante, aprés tout, à quoy te resous-tu?
Prens le monde, ou la croix; le vice, ou la vertu.
Quoy? passer pour vn fat, ou bien pour vn sauuage?
Faire flestrir sa chair, en la fleur de son âge?
Vieillir en sa ieunesse, & captiuer ses sens,
Sous vn ioug ennemy des plaisirs innocens?

SCENE CINQVIESME.

DORANTE, PIRASTE, CYTHEREE, MISANDRE.

PIRASTE.

VIen-donc, approche-toy, fameuse Cytherée
Prepare ton amorce, & ta couppe dorée,

D'étrempe le venin de tes plus doux appas;
Il est pris, si tu viens, il n'échappera pas.

CYTHEREE.

Dorante, mon mignon, dy-moy ie te supplie,
Quel mal-heur t'a plongé dans la melancolie?
Quel trouble, quel ennuy, quel excés de douleurs,
Change ton vermillon en ces pâles couleurs?
Pourquoy, dans le printemps d'vne verte ieunesse,
Preuenir les ennuis qu'apporte la vieillesse?
Et sortir au deuant du mécontentement,
Comme si l'on craignoit qu'il vint trop lentemét?
C'est à n'en point mentir, vne fureur extréme,
D'estre si preuoyant à se trahir soy-mesme,
Et de vouloir changer, pour de foibles raisons,
Le cours de la nature, & l'ordre des saisons.
Le temps, à chaque chose a donné ses limites;
Mais celles du plaisir sont tousiours trop petites;
Il faudroit les estendre; & tu les retrecis,
Par de noires humeurs, & de fascheux soucis!
De grace, bannissons cette morne tristesse;
Accordons quelque chose à ta delicatesse.
Tant de soins importuns ne sont pas à propos,
Ton âge n'a besoin que d'vn profond repos.
A quoy sert d'accuser nostre Mere Nature?
Et de nous captiuer sous vne Loy plus dure?
De changer ses bien-faits en de penibles maux,
Et ceder en ce poinct, aux plus lourds animaux?
Les oyseaux parmy l'air, les poissons dedãs l'onde,
Et tout ce qui se voit d'animé par le monde,
D'vn instinct naturel, montrent à leurs petits,
Comme il faut contenter ses diuers appetits.
L'homme n'est pas d'acier, ny de fer, ny de cuiure,
La nature a marqué le chemin qu'il doit suiure,
Elle seule a trouué les plaisirs de nos sens;
Elle seule a failly, s'ils ne sont innocens.
Elle a fait ce Nectar qui coule de ma tasse,

C'est vn fruict de sa main, mais c'est vn fruict qui passe,
Et qui le plus souuent, ne se fait regretter
Qu'aprés qu'on a perdu la saison d'en goûter.
O celebre boisson, quintessance choisie,
Plus charmante cent fois que toute l'ambrosie!
Fleur de miel distilé, rauissante liqueur,
Qui iette dans l'extase, & transporte le cœur!
Le sçauant Epicure, & tous ceux de sa troupe,
N'ont puisé leurs secrets qu'au fonds de cette coupe;
Les Monarques du monde y puisent nuict & iour
Le bal, le ieu, le ris, le sommeil, & l'amour.

DORANTE.

Tu le dis,

CYTHEREE.

I'en responds, & pour t'oster de doute,
Ie ne veux t'en donner qu'vne petite goute.

DORANTE.

Refuser ce present d'vne si belle main,
Seroit estre inciuil, & n'auoir rien d'humain.
Mais à dire le vray ta suite est déplaisante,
Cét auorton d'Enfer donne de l'épouuante,
Et ie ne comprends pas ny pourquoy, ny commét,
Vn si vilain Demon t'obsede incessamment.

CYTHEREE.

En quelque part que i'aille, il est de la partie:
Mais ne t'estonne pas de nostre sympathie,
S'il a quelque rudesse, & moy quelque douceur,
Il est pourtant mon frere, & moy ie suis sa sœur.
Quelque instinct de nature, ou d'amour nous assemble,
Par la mesme raison qui nous fit naistre ensemble.

DORANTE.

Enfin, quoy qu'il en soit, tu peux bien le chasser.

CYTHEREE.

Ie ſerois temeraire, il n'y faut pas penſer.
A moins que de perir, ie le doy laiſſer viure,
Et ne puis improuuer qu'il s'obſtine à me ſuiure.
Si pourtant ſon aſpect te donne tant d'horreur;
Ne le regarde pas. Au fon ls ce n'eſt qu'erreur;
On a pour mon regard aſſez de complaiſance;
Et puiſque nous auons vne meſme naiſſance,
Il ſe faut aſſûrer, & croire ſur ma foy,
Qu'il n'eſt ny plus malin, ny plus faſcheux que moy.
Mais, pour te contenter, ie conſens qu'il ſe cache.
Tien donques, boy vitement, auant qu'on te l'arrache.

Tandis qu'il boit elle luy plante dans le ſein vne fleche ſubtile (Miãdre luy pouſſant le bras) repréd ſa coupe & diſparoit.

Plonge tous tes ennuis dans ce doux élement:
Tu ſeras bien-heureux d'en gouſter ſeulement.

DORANTE.

O charme nompareil! ça que ie continuë?
Mais ie ne la voy plus! qu'eſt-elle deuenuë?
Tout ce contentement eſt-il deſia paſsé?
Ah la fourbe! hé pourquoy m'a-elle delaiſsé?
ont-ce-là de ſes tours? eſt-ce donc ſa couſtume,
D'emporter la douceur, & laiſſer l'amertume?
Il ne me reſte rien de ſa douce liqueur,
Qu'vn mordant aiguillon qui me picque le cœur!
coupe! ô volupté! ta douceur eſt pareille
celle que reſpand vne traitreſſe abeille,
Qui ſur vn peu de miel, qu'elle fait ſauourer,
nfonce vn aiguillon, qu'on ne ſçauroit tirer.
Mais n'importe: ma ſoif n'en eſt pas aſſouuie.
veux encore vn coup en paſſer mon enuie.
ut-eſtre qu'à la fin, beuuant plus à loiſir,
pourray rencõtrer quelque plus grand plaiſir.

Fin du premier Acte.

ACTE II.

SCENE PREMIERE.

CYTHEREE, POLEMON, PIRASTE.

CYTHEREE.

IL n'est guere d'esprit d'vne trempe si forte,
Lors que ie l'entreprends, qu'à la fin ie n'emporte.
Dorante auoit du cœur, il estoit resolu;
Mais sur luy, maintenant i'ay l'empire absolu:
Il n'a pû resister à mes tendres caresses,
I'ay vaincu sa constance, à force de mollesses;
Enfin ie le possede, il fait ce que ie veux,
Il se mire, il s'aiuste, il frise ses cheueux,
Mille petits galands, qu'aux frisons on attache,
Proprement ageancez, pendent à sa moustache;
Mille autres bigarrez de diuerses couleurs,
Autour de son chapeau, font vn cordon de fleurs.
D'autres sous le pourpoint, au bas de la ceinture,
Forment vne fantasque, & bizarre peinture.
Il se croit bien paré de ce vain ornement.
Et le nomme faueur.

PIRASTE.

Ne luy déplaise, il ment.
Ce ne sont point faueurs, à qui le sçait entendre,
Mais vn signe asseuré, que la beste est à vendre.

POLEMON.

Ou qu'vn bout de ruban garrote cét oyseau.

PIRASTE

PIRASTE.

Ou qu'vn foible filet arreste ce fuseau;

POLEMON.

Ou que c'est vn Esclaue amoureux de sa chaisne,
Qui rit dans son mal-heur, & triomphe à la gesne.

CYTHEREE.

Il commence à sentir ie ne sçay quelle ardeur,
Qui n'a plus d'alliance auecque la pudeur.
Pour soy-mesme il est plein de vaines complaisances,
Il vse de senteurs, il se laue d'essences,
Tout son meuble est musqué du parfum de ses gands.
Il orne ses discours de termes elegants,
Il adoucit sa voix, il traisne ses paroles,
De tous ses sentimens il en fait ses Idoles.
La pompe, l'or, l'argent, les habits precieux,
Luy rauissent le cœur, & l'esprit par les yeux.
Il fait desia le beau, le mignon, l'agreable,
Ses soins plus importans sont le lict & la table.
Le cours, le ieu, le bal, la scene, & les Romans
Luy sont plustost emplois, que diuertissemens.
L'Eglise luy déplaist, la priere le tuë;
S'il s'y laisse traisner, c'est à pas de tortuë,
Et ces illustres mots, honneur, vertu, deuoir,
Sont des termes fascheux, qu'il ne peut conceuoir.

PIRASTE.

Bon, bon, bon.

POLEMON.

Viue, viue à iamais Cytherée!

PIRASTE.

Que par tout l'Vniuers elle soit adorée!

POLEMON.

Que par tout l'Vniuers on chante ses vertus!

PIRASTE.

Que les plus forts esprits soient par elle abbatus!

POLEMON.

Qu'elle entasse tousiours victoire sur victoire!

PIRASTE.

Que par toute la terre on celebre sa gloire!

POLEMON.

Que le ciel la redoute autant que nous l'aimons!

PIRASTE.

Elle seule fait plus que cent mille Demons!

POLEMON.

Elle a plus de pouuoir que tous leurs caracteres,
Et ses enchantemẽs font de plus grands mysteres!

PIRASTE.

Enfer, prepare-luy des couronnes de prix!
Et vous chers alliez, trouppe de noirs esprits,
Dites auecque nous, en chantant ses loüanges:
Elle nous rend vainqueurs des hommes & des
Anges.

POLEMON.

Dittes auecque nous, d'vn ton audacieux,
Elle remplit l'abysme, & dépeuple les cieux!

PIRASTE.

Dittes auecque nous, d'vne voix de tonnerre,
Elle seule nous fait les Princes de la terre.

POLEMON.

Que par des cris publics, & d'agreables chants
On prosne qu'elle sçait faire les bons, meschants.

PIRASTE.

Faire, d'vn innocent, vn infame coupable,
D'vn Sainct, vn reprouué, d'vn petit Ange, vn diable.

POLEMON.

Monarque tenebreux, grand Maistre Lucifer,
Triomphe, si l'on peut triompher en Enfer.
Fais nommer Cytherée, en ta Cour souueraine,
Inuincible Princesse, incomparable Reyne,
Dompteuse des Heros, des Conquerāts, des Roys,
Et, pour comble d'honneur, Abateuse de croix.

SCENE SECONDE.

ZOSIME.

O Croix, des saincts baisers de mon Maistre honorée;
On te met par mépris, aux pieds de Cytherée!
Toy, qu'vn homme diuin esleua de ses bras,
Beau Thrône, faut-il donc que tu rampes si bas?
Iustes cieux! souffrez-vous qu'vn esclaue se ioüe,
D'vn Dieu de Majesté, comme d'vn Dieu de boüe?
Que le prix d'vn tel sang, soit ainsi profané,
Par vn sujet rebelle, vn perfide, vn damné?
Faut-il donc endurer que cét esprit infame
Nous arrache des mains la conqueste d'vne ame?
Et que le temeraire ose bien se vanter,
Que nostre Prince & nous, ne sçaurions le dompter?
O ciel, ô croix, ô sang, ô Prince redoutable!

On vous braue? ô desordre, audace insupportable!
Grand Roy, ne sçais-tu pas qu'ils sont tes ennemis?
Et que tout est perdu, si tout leur est permis?
Dorante, ô desplaisir! Dorante en leur puissance!
Seigneur, ie t'en demande vne prompte vengeãce.
Tu peux de mon bon-heur rendre l'Enfer jaloux,
Retirer ma brebis des pattes de ces loups,
Confondre leur malice, à sa perte eschauffée,
Et renuerser sur eux leur insolent trofée.
Tu le peux, tu le veux, Seigneur, ie le sçay bien,
L'interest que i'y prens n'est autre que le tien.
Ie defens ton honneur, ie combas pour ta gloire,
Et si ie suis vaincu, tu perdras la victoire.

SCENE TROISIESME.

EVDEMON, ZOSIME.

EVDEMON.

Amy, ie l'ay compris; le secours n'est pas loin.

ZOSIME.

Est-il vray?

EVDEMON.

Ie le porte.

ZOSIME.

Aussi i'en ay besoin,
Nostre ennemy commun ensorcelle Dorante,
Il le va faire entrer dans vne fiévre lente,
Sous couleur d'amitié, d'entretien, & de jeu,
Il irrite le mal, il fomente le feu,
Et porte le tison d'vne insolente flame,
Iusqu'au fond de son cœur.

EVDEMON.

O le traistre, l'infame

Il le faut arrester, & luy faire sentir
D'vn iniuste dessein, le iuste repentir.

ZOSIME.

Il le faut arrester. I'approuue l'entreprise.
Mais!

EVDEMON.

Mais ie le puis faire, il laschera la prise.
Celuy que nous seruons sera nostre support.
Vois-tu, sur ce buffet, vne teste de mort?
Ie veux, par cét objet, te ramener Dorante,
Esteindre en vn moment, son ardeur deuorante,
Le remettre en l'estat d'vne pleine santé,
Et le faire aussi bon qu'il ait iamais esté.

ZOSIME.

Fidele Compagnon, que tu promets de choses!
Le moyen d'accomplir tout ce que tu proposes?

EVDEMON.

Le voicy. Ton ieune homme arriuant, tout pensif,
Agité de fureurs de son demon lascif,
Se trouuera surpris voyant ceste figure,
Et d'abord la prendra pour vn mauuais augure.
De cét estonnement, il faut prendre sujet,
D'accroistre sa frayeur, en grossissant l'objet.
Tu pourras aisément mouuoir sa fantaisie,
Que le trouble, & l'horreur auront desia saisie.
Tandis que me glissant plus viste que le vent,
Sous le corps emprunté d'vn squelete mouuant,
I'imiteray la voix, le geste, & la posture,
D'vn fantôme, qui sort de quelque sepulture.
Paroissant à ses yeux, sous ce déguisement,
Tu le verras soudain transi d'estonnement.
Il fera cent propos, ie feray cent menaces;
Ie donneray des coups, il receura des graces;
D'vn mal imaginaire, il n'aura que la peur;

Mon amour parestra sous cét habit trompeur ;
Et cette feinte mort, sera plus profitable,
Et fera plus d'effet, qu'vne mort veritable.

ZOSIME.

O saincte inuention !

EVDEMON.

Sera-ce deceuoir,
De ramener ainsi Dorante à son deuoir ?

ZOSIME.

O ruse ingenieuse ! vtile tromperie !
Diuin secret d'amour, plustost que fourberie !
Mais le voicy qui vient, ie l'entends souspirer.

EVDEMON.

Sans doute, c'est luy mesme, il se faut retirer.

SCENE QVATRIESME.

DORANTE.

Comme vn Cerf alteré, qu'vne meutte obstinée,
N'a laissé receler de toute vne iournée,
L'ayant tenu sur pied, en vn temps sec, & chaud
Sans sortir de la voye, & sans faire vn defaut :
Dés qu'il a découuert vn ruisseau dans la plaine,
Bien qu'il soit aux abois, & du tout hors d'haleine
S'élance à tour de reins, par des efforts nouueaux
Iusqu'au lieu desiré de ces aimables eaux.
S'y iette, boit, reboit, cent fois plonge, & replonge
Se tourne en cent façons, se ramasse, s'allonge,
Sans pouuoir rien trouuer, parmy tant de froideur,
Qui puisse temperer l'excez de son ardeur :

Ainsi pour soulager la soif qui me tourmente,
Et qu'vn feu trop auide en mes veines fomente,
I'inuente cent plaisirs, & les gouste en effet,
Et si mon appetit n'en est pas satisfait.
Il est insatiable, importun, & volage,
Il demande sans cesse, & rien ne le soulage.
Il se lasse de tout, & son contentement,
S'il dure tant soit peu, se change en vn moment.
N'auray-ie donc iamais de plaisirs, sans supplices?
Et parmy ces faux biens, qu'on appelle delices,
Ne trouueray-ie rien qui ne soit ennuieux ?
Mais, ô Dieu ! quel objet se presente à mes yeux?
Les tristes ossemens d'vne effroyable teste !
O spectacle fascheux ! retirons-nous.

SCENE CINQVIESME.

DORANTE, EVDEMON, sous la forme d'vn squelete. ZOSIME.

EVDEMON.

Arreste.

CEluy qui se promet d'échaper de ma main,
Celuy qui se promet d'auoir vn lendemain,
Qui croit de viure vn iour : que di-ie, vne seule heure,
Ou plustost vn moment, sans craindre qu'il ne meure,
Et sans voir le peril qui le pousse au trépas;
Il se trompe, il s'abuse, il ne me connoist pas.
I'ay cent fois pris l'enfant au ventre de sa mere.
I'ay cent fois moissonné le fils auant le pere;
I'ay cent fois engagé dans le mesme destin,
Le foible, & le puissant ; la bure, & le satin.
I'exige en mesme temps mon tribut ordinaire
Aussi-tost d'vn grand Roy, que d'vne ame vulgaire;

Et fais souuent perir dans les mesmes hasars,
Les petits Argoulets, auec les grands Cesars.
Où sont tous ces Titans, ces enfants de la terre,
Qui morguerent les cieux, & leur firent la guerre?
Où sont tous ces richards, qui viuoient si contents,
Et ces sages du monde, Oracles de leurs temps?
Où sont ces inuenteurs de nouuelles delices?
Ces gloutons, ces charnels, auec tous leurs Complices?
Et que sont deuenus tant d'idoles de Cour,
Et tant de beaux objets d'vne prophane amour?
Grands, petits, ieunes, vieux, Prince, Monarque, Pape,
Tout cela doit mourir, sans qu'vn seul en eschape.
Pourquoy donc, insensez, pourquoy ne songez-vous,
A soustenir bien-tost les rigueurs de mes coups?
Sçait-on pas que mes loix n'ont iamais de dispense?
Et que ie viens tousiours, lors que moins on y pense?
Ie frappe également, & de loin, & de prés,
Tel cueillant vn laurier, heurte contre vn cyprés,
Tel croit estre bien sain, qui s'en va rendre l'ame,
Et descend, en dançant, sous vne froide lame.
Tel entrant dans le lict, entre dans le cercueil,
Et les nopces d'vn iour, prennent souuent le dueil.
La pluspart des mortels sont trompez de la sorte,
Ils me tiennent bien loin, quand ie suis à leur porte.
Au reste m'effacer mesme du souuenir,
Ce n'est pas ce qui peut m'empescher de venir.
Tant s'en faut, ces desdains irritent mon courage,
Au lieu de m'esloigner, i'approche dauantage;
Et mon plus grand plaisir, est de presser plus fort,
Ceux qui craignent le plus l'image de la mort.

Me nommer seulement, c'est vn mauuais presage,
On est à demy-mort, quand on voit mon visage:
Si i'aborde l'esprit pour le faire sortir :
C'est alors, mais trop tard, que vient le repentir.
On pousse des élans, des soupirs, & des plaintes;
On cherche cent détours, on fait cent mille feintes;
Mais le sort, me priuant de l'vsage des sens;
On ne me touche point de ces tristes accens.
Ie n'entens pas ces cris, ie ne voy pas ces larmes,
Tout cela, contre moy, sont de trop foibles armes.
Mais venons à la preuue, & sans plus discourir,
Frappons. Sus, sus, ieune homme, à bas, Il faut mourir.

DORANTE.

Mourir, helas, mourir, quand on commence à viure!
Treues pour vn moment, cesse de me poursuiure.

EVDEMON.

Non, non, point de quartier, il faut passer le pas:
C'est assez differé, viste, viste, au trespas.

DORANTE.

N'as-tu point de pitié de ma tendre ieunesse?

EVDEMON.

Autant en dirois-tu dans l'extréme vieillesse.
Allons,

DORANTE.

Escoute-moy.

EVDEMON.

Ce sont mots superflus,
A la mort.

DORANTE.

Vn instant,

EVDEMON.

Allons, n'en parlons plus.

DORANTE.

Du moins accorde vne heure à mon humble requeste.

EVDEMON.

Il faut fraper le coup, quand la victime est preste.

DORANTE.

Ah Dorante! ah mon corps, ah mõ ame, où vas-tu?

EVDEMON.

Tu vas par vn chemin de tout temps fort battu;
Mille autres comme toy, suiuent la mesme route.

DORANTE.

Mais, helas! le salut de mon ame est en doute.
Les plaisirs m'ont trompé, le monde m'a seduit.
En quelle extremité me trouuay je reduit?

EVDEMON.

Est-il temps maintenant d'en auoir la pensée,
Quand l'ame languissante est à demi-passée?
Dorante, il est trop tard; tu deuois y pouruoir,
Tandis que la santé t'en donnoit le pouuoir!

DORANTE.

Hé ie n'en ay rien fait.

EVDEMON.

Hé tu le deuois faire.

DORANTE.

L'humeur, l'âge, & le sang, me portoient au contraire.

EVDEMON.

Tu les deuois dompter, & suiure la raison.

DORANTE.

I'en ay le repentir.

EVDEMON.

Il n'est plus de saison.

DORANTE.

O mort ! que i'ay d'effroy de ton horrible face !

EVDEMON.

S'en faut-il prendre à moy ? que veux-tu que i'y
fasse ?
De soy-mesme la mort n'a laideur, ny beauté,
Elle est, comme la vie & les mœurs, ont esté,
Et telle qu'on la fait par le cours de son âge,
Telle on la trouue enfin, dans ce dernier passage.
Il ne tient qu'aux mortels, qui peignent mon tableau,
De faire, en viuant mieux, qu'il paroisse plus beau,
Puis qu'on ne vit iamais aucune belle vie,
Qui d'vne belle mort ne fut tousiours suiuie.
Il faut auoir horreur, non pas de mon portrait,
Mais plustost du crayon, & des mains qui l'ont
fait.

DORANTE.

Il est vray: Mais enfin il faut donc que ie meure?

EVDEMON.

Quelle asseurance as-tu de viure vne seule heure?
Ie puis à tout moment te conduire au trépas;
Comment peux-tu sçauoir si ie ne le veux pas?

DORANTE.

Aussi n'en sçay-ie rien, mais c'est vn poinct bien
rude.

EVDEMON.

Et tu vis en repos, dans ceste incertitude ?

Celle qui te seduit, me peut-elle empescher
De te laisser la vie, ou de te l'arracher ?

DORANTE.

Sans doute elle ne peut.

EVDEMON.

Où sont donc ses promesses?
Et que te reste-t'il de toutes ses caresses ?
Peut-elle, si ie veux, me retarder d'vn poinct?

DORANTE.

Helas non ! ie sçay bien qu'elle ne le peut point;
Aussi ie la deteste, & ne la veux plus suiure.

EVDEMON.

Vrayment il est bien temps, quand tu ne peux plus viure.

DORANTE.

Ie le puis, si tu veux, il ne tiendra qu'à toy.

EVDEMON.

Il tient au Souuerain, qui me donne la loy.

SCENE SIXIESME.

MISANDRE, DORANTE, EVDEMON, ZOSIME.

MISANDRE.

AH parricide mort, t'ay-je pas donné l'estre?
C'est moy, tu le sçais bien, c'est moy qui t'ay fait naistre,
Et tu me fais mourir, en me chassant d'icy ;
O mort ! que t'ay-je fait pour me traiter ainsi?

ZOSIME.

ZOSIME.

Cher frere, c'est assez, i'ay ce que ie desire :
Il est en liberté, Misandre se retire ;
Laissons-le reuenir de son estonnement.

EVDEMON.

Adieu. L'affaire est faite assez heureusement.

ZOSIME.

Adieu cher Eudemon, ie te rend mille graces :
Nous allons recueillir le fruict de tes menaces ;
Sans doute il est touché ; le succés est heureux,
Nos riuaux sont vaincus, nous l'emportõs sur eux.
Haste-toy cher Dorante, au moment qui te reste,
Haste-toy de sortir d'vn estat si funeste ;
R'entre dans le chemin, d'où tu t'es égaré ;
Le defaut, quel qu'il soit, peut estre reparé.
Reuien, reuien à moy, ie seray ton refuge :
Mais ie voy que tes yeux vont faire vn grand de-
luge.
Effaçons le passé de nostre souuenir,
Et portons tous nos soins dans le temps à venir.

DORANTE.

Fidele conducteur de mon ame égarée,
Pardon ; le cœur me fend, i'ay la bouche serrée ;
Souffrez qu'en liberté ie puisse souspirer.

ZOSIME.

Adieu donc, cher amy, ie te laisse pleurer.

SCENE SEPTIESME.

DORANTE seul.

STANCES.

IEunesse, honneurs, plaisirs, agreables mensonges,
Doux, & cruel poison, trompeuses voluptez,
Fourbes, illusions, impostures, & songes;
Est-ce là tout le bien que vous noûs promettez?
Bouteilles, qu'vn enfant souflant dans vne plume,
Fait creuer en vous souleuant,
Et disparestre en vous creuant,
Bouteilles de baue, & d'écume,
Sçait-on pas bien vostre coûtume,
De n'estre pleines que de vent?

Traitres amusemens, sanglantes flatteries,
Qui nous blessez à mort en promettant la paix;
Passe-temps inhumains, caresses de furies,
Dont ceux qui sont touchés ne guerissent iamais.
Allez, retirez-vous, ie consens au diuorce:
Vains appas, nous vous delaissons;
Vous nous trompez en cent façons,
Vous n'auez pour tout que l'écorce,
Et couurez d'vne belle amorce,
Les pointes de vos hameçons.

Corps de terre, ou plustost vase infect & fragile,
Qu'vn petit choc renuerse, & casse en vn moment:
Sçachant qu'on t'a paistri de poussiere, & d'argile,
Pourrois-je faire estat d'vn si foible instrument?
Monde, ce que tu mets au rang des belles choses,

Eſt ſujet au meſme deſtin :
Il ſe paſſe dans vn matin,
Et ſe fleſtrit comme les roſes,
Qui ne ſont pas ſi toſt écloſes,
Que le temps en fait ſon butin.

Impitoyable Loy, dont les teſtes illuſtres
Ne peuuent s'exempter, non plus que leurs vaſ-
ſaux !
Le meſme ſort détruit les Nobles, & les Ruſtres;
Le Prince, & le ſujet, en ce poinct, ſont égaux;
On ne ſçauroit monter, qu'il ne faille deſcendre.
Et de toute la vanité,
La pompe, & la felicité,
D'vn Ceſar & d'vn Alexandre,
Il n'en reſte rien que la cendre,
Pour monſtrer ce qu'ils ont eſté.

Mais il ſe faut ſouſmettre aux loix de la nature;
I'en adore l'Autheur, ie luy donne les mains;
Son ordre eſt équitable, & ſa loy n'eſt pas dure;
Ie ne ſuis pas meilleur que les autres humains :
Ie dois ſouffrir comme eux qu'elle ſe plaiſe au
change,
Que les corps de grace animez,
En moins de rien ſoient inhumez;
Et que par vn caprice eſtrange,
Elle reiette dans la fange,
Les vaſes qu'elle en a formez.

Puis donc qu'il faut mourir, penſons-y de bonne
heure;
Quittons, dés à preſent, ce qui nous doit quit-
ter;
Abandonnons de cœur cette triſte demeure,
Que nous ne deuons pas longuement habiter;
Quand, de viure long-temps, i'auray perdu l'enuie;

Sentiray-je pas du plaisir,
Lors qu'il me faudra desaisir,
Des contentemens de la vie,
Qui ne pourra m'estre rauie,
Sans fauoriser mon desir.

Ruisseaux qui tarrissez, arrestez vostre course,
Et ne m'empeschez plus de monter à la source.
Et vous, petits éclairs, foibles, & froids rayons,
Qui n'estes du vray bien, que de sombres crayons:
Ne m'esbloüissez plus d'vne fausse lumiere;
Ie me veux esleuer à la beauté premiere:
Ie veux, pour cét objet, rompre tous mes liens,
Et n'estre desormais attaché que des siens,
S'il faut aymer, aymons vn bien qui nous demeure,
Qui soit ferme, solide, & qui iamais ne meure.

Fin du second Acte.

ACTE III.

SCENE PREMIERE.

PAMPHILE.

IL le faut auouër, ie ne vis qu'à demy,
Quand ie suis esloigné de mon fidele amy.
Aussi-tost qu'à mes yeux sa presence est rauie,
Ie me sens arracher la moitié de la vie ;
Celle qui me demeure, en me laissant perclus,
Court & vole aprés l'autre, & ne m'anime plus.
Ainsi, viure à demy sans voir mon cher Dorante,
C'est trop; ie ne vis plus, aussi-tost qu'il s'absente.
O douce, & dure loy d'vne estroitte amitié !
Faut-il perdre le tout, en perdant la moitié ?
Depuis l'heureux moment que i'eus sa compagnie,
Mon ame auec la sienne aussi-tost fut vnie,
Nous n'auions entre-nous, ny secret, ny dessein,
Qui ne passast d'abord de l'vn à l'autre sein.
Nos inclinations, nos biens, nostre fortune,
Mesme nos volontez, se confondoient en vne.
Castor, Pollux, Oreste, & ces autres amans,
N'estoient, auprés de nous, que fables, & Romans ;
Enfin dés cét abord, nostre amour fust si forte,
Qu'il ne s'en trouue point qui le soit de la sorte:
D'où vient donc auiourd'huy qu'il me manque de foy ?
Auroit-il bien desia quelque froideur pour moy ?

Seroit-il point entré dans quelque défiance?
Aprés tout, ces longueurs lassent ma patience.
Depuis le grand matin, il sçait que ie l'attens
Pour aller en ce parc, où nous viuons contens;
Où nous chassons bien loin cette melancolie,
Dont les moindres degrez sont des grains de folie.
Là nous mocquans des sots, & de leur grauité,
Nous viuons doucement, en toute liberté;
Là nous auons le choix, de laisser, ou de faire,
Tout ce que nous iugeons capable de nous plaire:
Les accords de nos luths, les concerts des oiseaux,
Le murmure confus, de nos voix, & des eaux;
L'ombre des cabinets, & des longues allées,
De branches de lauriers, & de myrtes mélées;
La fraischeur des berceaux, l'haleine des zephirs,
Les vergers, & les fleurs, sont nos moindres plaisirs.
Là, toute la nature en beautez se déploye,
Et nous n'y trouuons rien qui n'inspire la ioye,
Dorante le sçaura, si ie l'y puis tenir.
Mais enfin, quel sujet l'empesche de venir?
M'auroit-il bien voulu postposer à quelqu'autre?
Et pour son entretien, quitteroit-il le nostre?
Qu'a-il donc, que fait-il? pourquoy ne vient-il pas?
Peut-estre en me voyant hastera-t'il le pas.
Ie m'en vay le presser. Laquais? Fille? Seruante?

LE LAQVAIS.

Qui va là?

PAMPHILE.

Dieu te gard. Dy-moy, que fait Dorante?

LE LAQVAIS.

Monsieur ie n'en sçay rien,

PAMPHILE.

Cours donc, va le ſçauoir.
Qu'a-t'il trouué?

LE LAQVAIS.

Monſieur vous ne ſçauriez le voir.
Il ſe trouue vn peu mal.

PAMPHILE.

Dy luy que c'eſt Pamphile.
Quelle humeur auiourd'huy le rend ſi difficile?

LE LAQVAIS.

I'ay dit que c'eſtoit vous, mais il ne reſpond rien.

PAMPHILE.

Laiſſe-moy gouuerner, ie le gueriray bien.

SCENE SECONDE.

PIRASTE, POLEMON.

PIRASTE.

O Triomphe indiſcret, qui preuient la victoire!

POLEMON.

O ruſez ennemis, ialoux de noſtre gloire!

PIRASTE.

Polemon, qui l'euſt crû?

POLEMON.

Piraſte, qui l'euſt dit?

PIRASTE.

Nous voilà donc perdus d'eſtime, & de credit?

POLEMON.

Nous voilà décriez auprés de nostre Maistre !
Diffamez, mal-traitez, autant qu'on le peut-estre.

PIRASTE.

Donc, au poinct qu'on voyoit le ieune houbereau,
Venir de son plein gré, donner dans le paneau.
Lors qu'vn heureux succez flattoit nostre entreprise,
Nous nous trouuons duppez, & nous faut lascher prise,
O soins ! ô vains efforts, trop mal recompensez!

POLEMON.

Est-ce là tout le fruict de nos trauaux passez ?
D'vn si fameux combat, n'aurons-nous que la honte?
Et pourrons-nous souffrir qu'vn squelette nous dompte ?

PIRASTE.

Non, non, il faut tenter quelque nouuel effort,
Opposons vn viuant, à cette ombre de mort.
Dorante aime Pamphile, & nous pouuons bien faire,
De son meilleur amy, son plus grand aduersaire.

POLEMON.

Tu le prends comme il faut, & par le bon endroit.
Pamphile, à ce dessein, me semble fort adroit,
Son esprit le dispute auecque sa noblesse,
Il a de la douceur, & de la gentillesse.
Au reste, pour le ieu, le manege, le bal,
Les armes, & le luth, il n'a pas son égal.
Lors que ses doctes mains touchent vne guiterre,
Mille tons se choquans, sans se faire la guerre,
Vistes, lents; rudes, doux; foibles, & vigoureux;

Mesme en leurs tremblemens, paroissent genereux.
Chaque corde se plaind sous le doigt qui la presse,
Gemit, languit, s'irrite, & toutesfois confesse,
Que les plus petits nerfs de ce noble instrument,
N'ont d'ame, ny de voix, que par son mouuement.

PIRASTE.

Ie le connois assez sans ce panegyrique;
Ie sçay ce qui luy plaist, ie sçay ce qui le pique,
Suffit qu'il est bien propre à ce que ie pretends,
Et que de son employ nous resterons contents,
Il n'est pas de ces sots, qui n'osent se produire,
Il frequente, il discourt, il sçait railler, & rire,
S'il luy vient vn bon conte, il ne le cache pas,
Il aime les bons mots, comme les bons repas.
Qu'on gausse à ses dépens, qu'on parle à sa loüange,
Iamais pour ces discours sa belle humeur ne change,
Son visage est égal, iamais il ne s'abbat,
Et son front ne rougit non plus que son rabat.
Desia Dorante & luy se sont trouuez ensemble,
Quelque rapport d'humeur, & d'âge les assemble,
Ils s'estiment l'vn l'autre, & s'aiment à ce point,
Que depuis quelques iours ils ne se quittent point.
Pour moy, qui puis beaucoup sur l'esprit de Pamphile,
Et qui luy sçay donner ma methode, & mon stile,
Ie luy feray le bec, de si bonne façon,
Qu'il nous pourra seruir d'excellent hameçon.
Et si Zosime échappe aux pieges qu'on luy dresse,
Il aura bon besoin de toute son addresse.

POLEMON.

Nous luy ferons bien voir qu'il n'est pas assez fin.

PIRASTE.

Allons, l'affaire presse, il en faut voir la fin.

SCENE TROISIESME.

ZOSIME.

PRofanes amitiez, maudites compagnies!
Ah, que vous exercez d'extremes tyrannies!
Inhumaines, Combien de pauures mal-heureux,
Sont infectez de l'air que vous soufflez sur eux?
Combien de ieunes gens, pour vne cognoissance
D'vn demy-iour, d'vne heure, ont perdu l'innocence?
Combien d'Anges du ciel, sont deuenus Demons,
Par le souffle empesté qui sort de vos poulmons?
Dans vos commencemens, c'est vn amour sincere,
Amour sans interest, comme de frere à frere,
Douce conformité de desseins, & d'humeurs,
Où la vertu concourt auec les bonnes mœurs,
Ce ne sont que bien-faits, que pures complaisances,
Honneurs, ciuilitez, seruices, déferences:
Mais au fonds, on connoist par d'estranges reuers,
Que ce ne sont enfin que des pieges couuerts.
Où les plus innocents sont plus aisez à prendre.
Et dont les plus rusez ont peine à se deffendre.
Encor, par vn effet du tout prodigieux,
Le bien, comme le mal, n'est pas contagieux.
L'approche des meschants, aux bons mesme est funeste;
Parmy les empestez, on contracte la peste:
Et si pourtant, les sains que l'on a frequentez,
Ne communiquent pas le bien de leurs santez.
Escueil trop renommé par tes fameux naufrages!

Que de cœurs genereux, & de nobles courages,
Qui faisoient admirer autre-part leurs vertus,
Te voulant aborder, se trouuent abatus!
Dorante, ie te plains dans cette conioncture:
I'apprehende pour toy quelque triste auanture:
Le danger est trop grand; il t'y faudra perir,
Si ie ne prens le soin de te bien secourir.

SCENE QVATRIESME.

PAMPHILE, DORANTE.

PAMPHILE.

DOrante, d'où te vient cette humeur si farouche,
Qui te rend solitaire, & te ferme la bouche?
Est-ce ainsi que l'on traite auecque ses amis?
Ne faut-il pas tenir ce que l'on a promis?

DORANTE.

L'on promet bien souuent plus qu'il n'est raisonnable.

PAMPHILE.

Trop promettre aux amis, est vn mal pardonnable.
Si toute-fois on peut exceder en ce point,
Pourtant, quoy qu'il en soit, ie ne t'accuse point:
Mais de te voir pensif, morne, melancolique,
Et ne sçauoir pourquoy, c'est cela qui me pique.

DORANTE.

Nous sommes tous sujets à quelque changement.

PAMPHILE.

Dy moy donc ce que c'est, & parle franchement.

DORANTE.

Ce n'est rien.

PAMPHILE.

Mais encor, t'a-t'on fait quelque iniure,
Quelque mal, quelque affront? dy parle; & ie te iure,
Que l'autheur, quel qu'il soit, apprendra vif, ou mort,
Si ie puis supporter que l'on te fasse tort.

DORANTE.

Pamphile, peu de chose allume ta colere.

PAMPHILE.

Prend-on pour peu de chose vne mine seuere,
Vn œil triste, & mourant, vn visage abatu,
Mais aprés tout, pourquoy le dissimules-tu?

DORANTE.

Ne t'en informe plus, ie ne l'oserois dire.

PAMPHILE.

Dorante, tu le dois, puis que ie le desire.

DORANTE.

Ton desir n'est pas iuste, & ie te dois cacher,
Vn recit importun, qui te pourroit fascher.

PAMPHILE.

Quel crime ay-ie commis, dont le recit me fasche,
Dorante, contre toy? me crois-tu bien si lasche!
Auoir de ton Pamphile vn si mauuais soupçon,
Dorante, c'est l'aimer d'vne estrange façon.
Mais, si d'vn tel forfait tu me iuges capable,
Traite-moy sans pitié, comme on traite vn coulpable.
Plonge, plonge ce fer dans mon perfide sein,
Et vange par ma mort, vn si lasche dessein,
Tiens, ne marchande plus, empoigne cette épée.

DORANTE.

DORANTE.

Es-tu fou?

PAMPHILE.

Dans mon sang, cette lame trempée,
Te rendra satisfait.

DORANTE.

As-tu perdu le sens?

PAMPHILE.

Frappe, si i'ay failly, vange-toy, i'y consens.
Dans ce flanc découuert, que ma main te prepare,
Enfonce.

DORANTE.

Mal-heureux! me crois-tu si barbare?

PAMPHILE.

Saoule toy de mon sang, punis cet inhumain,
Qui mourra trop heureux, en mourant de ta main.
Contente mon desir, contente ta colere:
Ie suis trop criminel, si i'ay pû te déplaire.
Plonge, plonge ce fer, dans le fonds de mon cœur.
Mais ton bras te trahit, & manque de vigueur!
Il faut donc que le mien me rende cet office,
Et que i'offre à tes yeux, ce sanglant sacrifice.
Allez mon sang, courez, & d'vn lugubre accent, *Il se veut tuer.*
Allez dire par tout, que ie suis innocent.

DORANTE.

Quelle fureur t'agite, & quel mauuais genie
T'emporte dans l'excés d'vne telle manie? *Dorante l'empesche.*
Quelle raison t'oblige à te precipiter?
Ay-ie dit vn seul mot qui te doiue irriter?

PAMPHILE.

I'ay bien plus de suiet d'accuser ton silence.

DORANTE.

Estouffe ces soupçons, & cette deffiance.
N'escoute plus l'erreur, qui trouble ta raison,
Ces transports furieux ne sont pas de saison.
Quoy! pour vn petit mot, qu'on lasche à l'auãture,
Ton esprit delicat se met à la torture?
Tu prends pour vn reproche, vn honneste respect,
Et mesme en me taisant, ie te parois suspect.
Non, Pamphile crois-moy, ie t'honore, & t'estime,
Mon plus cher confident, mon amy plus intime.
Et quelque changement qui se remarque en moy,
I'ay tousiours mesme esprit, & mesme cœur pour toy.

PAMPHILE.

Quel est donc l'accident que tu ne m'oses dire?

DORANTE.

Helas! si ie le dis, tu n'en feras que rire:
Mais n'importe. Voicy ce qui m'est arriué.
De long-temps ie n'auois ny dormy, ny révé,
Car c'estoit en plein iour; lors qu'vn squelette blesme,
Plus affreux que la mort, ou plutost la mort méme,
Le corps tout descharné, les deux yeux enfoncez,
Se traisnant sur des os l'vn dãs l'autre enchassez,
Et d'vn bras esleué tenant sa faux sanglante,
Auec d'horribles cris, deuant moy se presente:
Ie sens par tout mon corps vne froide vapeur,
Mes cheueux herissez, mon sang glacé de peur:
Ie tremble, ie fremis, ie transis, ie me pasme,
Enfin ie suis reduit au poinct de rendre l'ame.
Dans cette extremité, ie commence à sentir,
De mes crimes passez vn cuisant repentir.
Ie meurs à chaque fois que l'ombre me menace,
Ie me iette à ses pieds, ie luy demande grace,
Plus elle me poursuit, sans tréue & sans repos,

Et plus ie me sousmets, & fais de bons propos.

PAMPHILE.

Dorante, mon amy, n'en dy pas d'auantage:
Sans doute, en ce temps là, tu n'estois guere sage.
Tu croyois voir la mort?

DORANTE.

Ouy.

PAMPHILE.

Le plaisant discours.
Et tu le crois encore?

DORANTE.

Et le croiray tousiours.

PAMPHILE.

La mort?

DORANTE.

Ouy, ouy, la mort.

PAMPHILE.

Hé quelle phrenesie,
T'auoit si fortement troublé la fantaisie?
Crois moy, n'y songe plus, laisse là cette mort,
Moque toy de ses traits, & de la loy du sort.
Et puis qu'en peu de temps l'ame nous est rauie,
Hastons nous d'esprouuer les douceurs de la vie.
La ieunesse est vn fruit, qui ne se garde pas:
On ne sçauroit long temps iouïr de ses appas.
Qu'attens-tu d'en vser? l'auare est sans excuse,
Qui possede des biens, & qui iamais n'en vse.

DORANTE.

O brutal sentiment! conseil pernicieux!

PAMPHILE.

Qui t'a fait deuenir si conscientieux?

Pauure moine-bouru, te veux tu faire hermite?
As-tu si fort appris le mestier d'hypocrite?
Foible esprit, laisse moy toutes ces visions,
Et ne t'amuse plus à tant d'illusions.
Bannis de ton cerueau ce caprice fantasque,
Reconnois ce fantosme, & luy leue le masque.
Le ieu, le promenoir, la danse, & le festin
Peuuent ils pas chasser cet importun lutin?
Il tire des dez. Ca ça, voicy dequoy dissiper l'humeur noire,
Et charmer tous les maux, que tu te fais accroire.
Allons.

DORANTE.

Ie ne sçaurois.

PAMPHILE.

Pourquoy ne sçaurois-tu

DORANTE.

I'ay le corps tout mal fait, & l'esprit abatu.

PAMPHILE.

Dy plustost, ie n'ay pas assez de complaisance,
Et i'estime trop peu le bien de ta presence.

DORANTE.

Si tu le prens par là, ie ne puis refuser.

PAMPHILE.

C'est ainsi que d'abord il en falloit vser,
A trois-dez.

DORANTE.

Ie le veux.

PAMPHILE.

Combien

DORANTE.

Douze pistoles

PAMPHILE.

D'accord, en quatre coups.

DORANTE.

En trois.

PAMPHILE.

Tu me consoles.
Tiens, commence.

DORANTE.

Fort bien, donne, i'en suis content.
Bon. *Ils iouent.*

PAMPHILE.

Encore meilleur.

DORANTE.

Ne te vante pas tant.

PAMPHILE.

Et deux.

DORANTE.

Tout en est dit. I'y perdrois mes oreilles.

PAMPHILE.

Auec vn mot d'auis, tu ferois des merueilles,
On ne gagne iamais si l'on ne iure vn peu.

DORANTE.

Ie deteste les déz, le destin, & le Ieu.
A tenir plus long-temps ie serois temeraire,
A Dieu, ie n'en suis plus, puisque tout m'est contraire.
Ie ne veus pas iuger que tu sois vn trompeur,
Mais tout autre que moy, peut-estre en auroit peur.

PAMPHILE.

Qu'importe, la victoire est tousiours glorieuse.

DORANTE.

A qui gagne en fourbant, la victoire est honteuse.

PAMPHILE.

Amy, ie ne veux pas te laisser ce regret;
Il est vray que i'y sçay quelque petit secret.

DORANTE.

M'en doutois-ie pas bien? mais il faut me l'apprendre.

PAMPHILE.

Il le faut?

DORANTE.

L'vn des deux, ou tout dire, ou tout rendre.

PAMPHILE.

Lequel aymes-tu mieux? C'est à toy de choisir.

DORANTE.

Gagner tout ce qu'on veut: C'est profit, & plaisir.
Vn si rare secret merite qu'on l'apprenne.

PAMPHILE.

Et bien, tu le sçauras, & sans frais, & sans peine;
Mais à condition, qu'auecque l'amitié,
Nous n'aurons qu'vne bourse, & ferons à moitié.

DORANTE.

Tout ce que tu voudras.

PAMPHILE.

Voicy donc le mystere.

H

B O V

O

Il fait vn cercle auec ses characteres.

Ne sors point de ce rond : touche ce charactere:
Poursuis, arreste-toy: remarque: escoute bien.

Hecaticate. Vrondifalacheron.
Orcimonstrambeel. Bracaracadabra.

SCENE CINQVIESME.

L'OMBRE, PAMPHILE, DORANTE.

L'OMBRE.

CEsse de m'inuoquer.

PAMPHILE.

Pourquoy ?

L'OMBRE.

Ie ne puis rien.

PAMPHILE.

Qui borne ton pouuoir?

L'OMBRE.

Vne fatale Image.

PAMPHILE.

De qui ?

L'OMBRE.

D'vn Roy puissant, à qui ie dois hommage,
Vn morceau de metal, graué d'vn crucifix,
Et marqué des saincts noms de la Mere, & du Fils.

PAMPHILE.

Arrache cette image à celuy qui la porte.

L'OMBRE.

Ie ne puis surmonter vne vertu plus forte.

PAMPHILE.

Qu'est-ce qui t'espouuante en vn morceau d'airain?

L'OMBRE.

Mon crime, mon arrest, mon iuge souuerain.
Dont ie ne puis souffrir seulement la peinture,
Fuyons, elle paroist.

L'Ombre & Pamphile s'enfuyent.

SCENE SIXIESME.

DORANTE.

Monstrant vne Croix qu'il portoit au col.

ADorable figure.
Inuincible bouclier; helas, combien de fois,
Suis-ie de mon salut redeuable à la croix?
A mes fiers ennemis elle est vn Contre-charme,
Sa vertu me soustient, son ombre les desarme,
Et deux traits de burin, sur le cuiure tracez
Tiennent mille Demons sous mes pieds terrassez.
Victime de la Croix, à qui dans ton image,
Et d'esprit, & de corps, ie rend tres humble hommage,
Par le doux souuenir d'vn si rare bien-fait,
Graue au fond de mon cœur ton aimable portrait.
Et souffre qu'il reçoiue, au moins en ton absence,
Quelques petits effets de ma reconnessance.
Que t'honorant en luy, ie tesmoigne ma foy,
Que me collant à luy, ie n'embrasse que toy.

Que ne pouuant baiser tes pieds, tes mains, ta bouche,
Ie donne à ce portrait vn baiser qui te touche,
Mais helas, ie ne puis t'honorer comme il faut,
Ange qui me conduis supplée à mon defaut.

SCENE SEPTIESME.

ZOSIME, EVDEMON, DORANTE.

ZOSIME.

Nous t'auons veu, Dorante, au bord du precipice,
Nous sçauons que la Croix t'a bien esté propice,
Et prenans grande part au bien que tu reçois,
Nous deuons comme toy du retour à la croix.

EVDEMON.

Objet d'amour, & de pitié,
Miracle de saincte amitié,
Exemple de clemence autant que de iustice,
Merueilleux & diuin secret
L'homme pour qui tu meurs, dans ce dernier supplice,
Te void, sans mourir de regret!

DORANTE.

Source de mes douleurs, digne objet de mes plaintes,
Puis-je bien, sans mourir, vous voir en cét estat?
Mon cœur, ne sens-tu pas de mortelles atteintes,
Au triste souuenir d'vn si grand attentat?

ZOSIME.

Fournaise, buscher immortel,
Temple, Victime, sainct Autel,

Où le diuin amour en flâmes se consume,
Quel homme te peut approcher,
Sans brusler de ce feu que ta chaleur allume,
S'il n'est de bronse, ou de rocher ?

DORANTE.

Mes yeux que tardez-vous ? helas, où sont vos larmes !
Faudroit-il pas icy se resoudre en liqueur ?
Amour, où sont tes feux, tes transports, & tes charmes,
Ne fondras-tu iamais les glaçons de mon cœur?
O douleur insensible à ma iuste requeste,
Que ne viens-tu saisir mon esprit, & mon corps?
Impitoyable amour, quel obstacle t'arreste?
Que ne fais-tu sur moy de plus puissans efforts?

EVDEMON.

Voy ces deux Astres eclipsez
Ces beaux yeux esteints, & baissez,
Ce front terny, sanglant, & couronné d'espines,
Ce visage palle, & mourant,
Et ce corps qui couuroit tãt de beautez diuines,
Tout nud, sur ce tronc, expirant.

ZOSIME.

Considere ces larges trous,
Ces marques de foüets, & de clous,
En ses pieds, en ses mains, sur sa chair delicate:
Et si tu n'en es pas touché,
Au defaut de l'amour, meurs de honte, ame ingrate,
Sçachant que c'est pour ton peché.

EVDEMON.

Contemple ce dernier souspir,
Sur ses lévres, prest à sortir,

Cõme il ouure sa bouche, & ferme sa paupiere,
Il n'a plus, ny pouls, ny couleur,
Tout le mõde en fremit, & la nature entiere,
Veut succeder à sa douleur.

ZOSIME.

Le dur marbre des monumens,
De regret esclate en fragmens,
L'air ne peut plus souffrir le rayon qui le dore,
Le Soleil en pallit d'horreur
Toute la terre en trẽble: Et l'hõme pense encore,
A demeurer dans son erreur?

EVDEMON.

Contemple entre ces deux voleurs,
Le thrône du Roy de douleurs,
La pourpre de son sang, sa couronne d'épines,
Le tiltre de sa Royauté,
Et comme sa Thiare a de longues racines,
Pour marque de sa fermeté.

ZOSIME.

Voy comme au bout de ses combats,
Son sacré chef penchant en bas,
Sẽble dire à la mort qu'il est tẽps qu'elle vienne,
Et que, s'il pouuoit t'approcher,
Sa bouche en expirant s'iroit ioindre à la tienne,
Comme ses yeux te vont chercher.

EVDEMON.

Ses pieds, ses mains, son sacré flanc,
Chaque playe, en termes de sang,
Et d'vne voix d'amour, te fait cette harangue.
Quoy que pour toy ie souffre tant,
Ces bouches te diront ce que diroit ma langue;
Si tu m'aimes, ie suis content.

DORANTE.

Incomparable amour, clemence sans seconde!

Doncques, pour expier les pechez des humains,
Vnique Fils de Dieu, grand Monarque du monde,
Tu te laisses percer le flanc, les pieds, les mains?

Amour! aueugle amour! ta méprise est blâmable,
Tu ne choisis pas bien l'obiet de ton courroux,
IESVS est l'innocent, moy ie suis le coulpable,
Et pourtant IESVS meurt, & moy ie suis absous.

Le Roy, pour le sujet, le Maistre, pour l'esclaue!
IESVS, pour vn pecheur, endurer le trépas! ..
Dieu, pour vn petit ver, qui n'est qu'vn peu de baue!
Mourir! Et le pecheur, le ver ne mourir pas!

Moy, dans les voluptez! IESVS dans les supplices!
Moy, me vanger! IESVS mourir pour ses haineux!
IESVS dessus la Croix! Et moy dans les delices
Tout entouré de fleurs, sous vn chef épineux?

Nō, Seigneur, c'est assez, ie ne veux que tes peines.
Ton sang versé pour moy, me demande le mien,
Voicy, voicy mon corps, mon cœur, toutes mes veines,
Prens encore l'esprit, & ne me laisse rien.

Espines, fouets, liens, lance, clous salutaires,
O que vous m'estes doux lors que vous me blessez,
Qu'à tous autres tourmens vous me semblez contraires,
Ne m'estans rigoureux que quand vous me laissez.

Mais non, vous ne sçauriez, ie vous porte dans l'ame,
La douleur, la pitié, l'estonnement, l'amour,
En ont fait dans mon cœur, vn portrait tout de flâme,
Qu'on ne pourra m'oster, qu'en me priuāt du iour.

Fin du troisiesme Acte.

ACTE

ACTE IV.

SCENE PREMIERE.

MISANDRE, PIRASTE, POLEMON.

MISANDRE.

PRotecteurs impuissans, foibles, vains, inutiles,
Garans mal asseurez, autant que mal-habiles,
Où sont ces ennemis que vous exterminez ?
Fanfarons; est-ce ainsi que vous m'abandonnez ?
A peine suis-je entré dans vne bonne place,
Que mal-gré vos efforts, aussi-tost on m'en chasse,
Vous me voyez perir sans vouloir faire vn pas,
Ou si vous le voulez, vous ne le pouuez pas !

PIRASTE.

Polemon; C'est à toy que ce discours s'addresse,
As-tu si peu d'esprit, de conduite, & d'adresse,
Que tu ne sçaches pas attrapper vn enfant ?
Faut-il que de tes mains il sorte triomfant?
Que tu sois pris au piege, où tu pouuois le prendre,
Et que ton prisonnier te contraigne à te rendre?

POLEMON.

Qu'y ferois-ie ? il est force, & ie suis enragé,
De me voir sans remede, à ce poinct outragé.
Contre tous nos efforts, nos ruses, & nos charmes,
Le ciel les a pourueus de trop puissantes armes.

PIRASTE.

Doncques tu souffriras vn si vilain affront ?

POLEMON.

Quand on peut se vanger, ie ne suis que trop prompt.

PIRASTE.

Vn esprit éminent, sur vne ame de bouë
N'a-il point de pouuoir ?

POLEMON.

Il peut tout, ie l'auouë,
Mais quand vn autre esprit plus puissant que le sien,
S'oppose à son pouuoir, alors il ne peut rien.

PIRASTE.

Pouuons-nous pas du moins nous vanger de Pamphile ?

POLEMON.

Il est vray, contre luy, la vengeance est facile,
Mais le perdre tout seul, ce n'est guere gagner;
Pour les perdre tous deux, il le faut épargner.

PIRASTE.

De moy, i'aymerois mieux punir en diligence,
Que perdre la douceur d'vne prompte vengeance.
La fureur s'alentit dans le retardement;
Et qui se vange tost, se vange doublement.

POLEMON.

La fureur d'vn torrent, qui semble estre plus lente,
Lors qu'elle est retenuë, en est plus violente.

PIRASTE.

Si faut-il leur monstrer que d'éminents esprits,

Ne s'abbaissent iamais à souffrir le mépris.
Dressons quelque embuscade, inuentons quelque ruse.
Courage : la voicy, Bon ; il faut que i'en vse.
Dorante y sera pris, quoy qu'il fasse.

POLEMON.

Comment?

PIRASTE.

Vn liure à nostre mode, est vn bon instrument.
Là, sous l'obscurité de certains characteres,
Nous laissons en depost mille secrets mysteres.
Les crimes les plus noirs, & les plus grands pechez
Y sont en seureté, visiblement cachez.
Toute sorte de vice y trouue son école;
Et chaque passion y regne, à tour de role.
Les plus malins esprits, mesme aprés qu'ils sont morts,
Y viuent immortels, & s'y changent en corps.
Ils rendent le present aux malices passées,
D'vn langage muët ils disent leurs pensées,
Leur voix, sans faire bruit, d'vn stile ingenieux,
Ne dit rien à l'oreille, & ne parle qu'aux yeux.

POLEMON.

Il est vray qu'en son genre vn liure est admirable,
C'est vn Peintre excellent, dont l'art incomparable
Imite au naturel, dans ses diuers portraits,
Tout ce qu'on void au monde, auec les mesmes traits.
Qui peint auec du noir, & les lys, & les roses,
Et fait d'vne couleur, celles de toutes choses.
Au reste pour seduire, & pour faire pecher,
Vn homme de papier en vaut trente de chair.

C'est vn glaiue trenchant, aux mains d'vn phrenetique.
Vn Demon familier, vn lutin domestique,
Dont le corps emprunté n'a rien qui fasse horreur,
Ou qui puisse donner tant soit peu de terreur.
On n'y rencontre point ces figures hideuses,
Ces griffes, ny ces dents, ny ces cornes affreuses,
Ny ces monstres meslez de diuers animaux,
Ceux-là font plus de peur, celuy-cy plus de maux.
Bien que l'or & l'argent parent leur couuerture,
Toute-fois le dedans n'est que fange, & qu'ordure.
Et tout le monde sçait, qu'en matiere d'amans,
Et le cours, & le bal, le cedent aux Romans.
L'esprit s'y rend sçauant à conduire vne intrigue,
A surprendre vn riual, à former vne brigue,
A tromper, à médire, à feindre, à caioler,
Et pour toute leçon, mal faire, & bien parler.
Cét art, qui se distingue en couleur blanche, & noire,
Qui trompe tant d'esprits, esclaues de la gloire,
Et les autres secrets les plus mysterieux,
Fournissent de matiere aux liures curieux.
C'est de leur docte sein, qu'on tire la Magie,
L'auenir s'y descouure, auec l'Astrologie.
Et dans l'art de changer les metaux en fin or,
En trouuant vne pierre, on rencontre vn thresor.

PIRASTE.

Cette pierre, aprés tout, quoy que si renommée,
Reduit tous les metaux, & l'or mesme en fumée,
Fait exaler l'esprit, calcine le cerueau,
Change le riche en gueux, & le souffleur en veau.

POLEMON.

Quoy qu'il en soit, vn liure, est de nostre boutique,

Lors que d'vn homme sage, il fait vn phrenetique.

PIRASTE.

Nous l'estimons encor beaucoup plus precieux,
Quand vn pauure innocent y deuient vicieux.
Que si l'ame y peut prendre vne fureur brutale,
Alors il est parfait, & n'a rien qui l'égale.
Pamphile en est pourueu, de toutes les façons,
Il s'y plonge, il s'y perd, il y prend des leçons,
Il en veut faire part à son amy Dorante,
Il l'attire par là, c'est par là qu'il l'enchante:
Et nos affronts passez, dans fort peu de momens,
Seront assez vangez par ces enchantemens.
Mon liure est en leurs mains, & ie viens de l'y mettre,
Misandre s'est desia caché sous chaque lettre,
Pour entrer dans l'esprit par le chemin des yeux.

SCENE SECONDE.

PAMPHILE, DORANTE.

PAMPHILE.

Dorante, nostre esprit est bien ingenieux,
Son œil est penetrant, ses lumieres sont nettes,
Il perce dans les cieux, il lit dans les planettes,
Il predit l'auenir, il r'appelle les morts,
Il sçait faire r'entrer les ames dans leurs corps.

DORANTE.

Ces secrets inconnus ne sont qu'imaginaires.

PAMPHILE.

Ils ne sont inconnus qu'à des esprits vulgaires.

DORANTE.

I'en voy d'assez subtils, qui n'y comprennent rien.

PAMPHILE.

Et i'en voy d'assez bas, qui les entendent bien.
Parmy les ignorans toute chose est miracle,
Chaque mot d'vn sçauant leur annonce vn oracle;
Mais s'estans détrompez dans les doctes écris,
Ce qui les estonnoit leur donne du mépris.
Tout ce que i'admirois comme prodige insigne,
Se trouue naturel icy, dans chaque ligne;
Ly, contente tes yeux, & ton esprit aussi.
Ie n'ay rien auancé qui ne s'apprenne icy.

DORANTE.
lisant dans le Liure.

Pour estre heureux au ieu, sans reuers de fortune,
Dy ces quatre grands mots, en inuocant la Lune.

Hecaticate. Vrondifalacheron.
Orcimonstrambeel. Bracaracadabra.

SCENE TROISIESME.

L'OMBRE, DORANTE, PAMPHILE.

L'OMBRE.

Me voicy, Que veux-tu? parle qui que tu sois;
Me voicy reuenu pour la seconde fois.
Que ie sçache ton nom, ton dessein, ta demande.

PAMPHILE.

Il ne sçauroit parler, sa surprise est trop grande.
Il se nomme Dorante, & veut gagner au jeu.
Peux-tu le satisfaire,

L'OMBRE.

Il demande trop peu.
Ie le contenteray par dessus son enuie,
Et luy feray passer ioyeusement sa vie.
Venerable Chryson, riche Dieu des humains,
Sors de tes mines d'or; vien luy garnir les mains,
Fay couler tes thresors, auec tant de largesse,
Qu'ils esteignent la soif de celuy qui me presse.

SCENE QVATRIESME.

CHRYSON, EVDOXE, EVTIQVE, DORANTE, PAMPHILE.

CHRYSON.
portant à la main vn lingot d'or.

O Couleur nompareille ! ô metal precieux !
O combien ton éclat donne auant dans les yeux !
Que ton lustre est charmant, qu'il fait naistre de flâmes,
Qu'il allume de feux dans les plus froides ames!
Que de cœurs sont picquez du desir de t'auoir!
Mais, si ie n'y consens, nul n'en a le pouuoir.
Toutes les mines d'or sont de mon heritage;
Ceux qui regnent dans l'air, n'ont pas cét auantage.
Quand ie fonds mes lingots aux portes de l'Enfer,
Ils forgent des carreaux qui ne sont que de fer.
Tout le mõde s'enfuit quand leur tonnerre grõde;
Et le son de mon or resioüist tout le monde.
Que si mesme les cieux vantent tant leur Soleil,
Ce metal éclattant m'en fournit vn pareil.
L'autre offence les yeux, & le mien les recrée;
Il n'est pas mesme aueugle, à qui le mien n'agrée!

Ce beau pere du iour, tel que nous le voyons,
Vient icy prendre l'or qu'il met à ses rayons;
Il roule inceſſamment pour en trouuer la ſource,
Ce n'eſt qu'à ce deſſein qu'il haſte tant ſa courſe,
Enfin s'il la pouuoit rencontrer vne fois,
Il ne changeroit pas de maiſon tous les mois.
Et ſans s'aller plonger chaque iour dedans l'onde,
Il ſeroit en repos dans le centre du monde.
Non, non, dans l'Vniuers il n'eſt Prince ny Roy,
Plus aymé, plus chery, plus honoré que moy.
Il n'eſt rien ſous le ciel qui ne ſoit à mes gages;
Les petits, & les grands, me rendent leurs hommages,
Vn monde tout entier s'occupe à me chercher,
Et les faux-bourgs d'Enfer ne ſçauroient me cacher.
On perce les rochers, on éuentre la terre,
Pour trouuer les threſors que mon domaine enferre;
Et tout vieux que ie ſuis, i'ay plus de Courtiſans,
Que les autres beautez à la fleur de leurs ans.
Peut-on voir vn Bijou, que mon or n'enuironne?
Peut-on faire ſans moy, ny Sceptre, ny couronne?
Et ſe peut-on ſeruir du plus fin diamant,
S'il n'emprunte de moy ſon plus bel ornement?
Sçait-on pas qu'à l'inſtant que quelqu'vn me poſſede,
Tout le monde le craint, tout le monde luy cede,
Et tel qui l'autre iour luy fiſt vn rude affront,
Pour ſouffler deuant luy n'a pas aſſez de front?
D'auſſi loin qu'on le void, on fait la reuerence,
On ſe baiſſe, on s'abyſme, au moins en apparence,
Et les plus orgueilleux pour le mettre au deſſus,
A force de plier, en ſont comme boſſus.
Vn homme eſt trop heureux quand nous allons enſemble,
Il fait impunément tout ce que bon luy ſemble,

Le crime le plus noir se blanchit en ses mains,
Les Iuges n'ont pour luy que des Arrests humains;
On le met sur le thrône, on le flatte, on le louë,
Lors qu'il meriteroit d'estre mis sur la rouë.
Son plus fidele amy trauaillant nuict & iour,
Sollicite pour luy les Messieurs de la Cour;
Et l'on trouue à la fin que le son des pistoles,
Est bien plus éloquent que celuy des paroles.
Quiconque m'a trouué propice à ses desirs,
N'a-t'il pas rencontré la source des plaisirs?
Il se peut faire aimer, & rendre redoutable,
Les plus friands morceaux se mangent à sa table,
Les habits precieux, les superbes Palais,
La gloire, & le bon-heur, ne luy manquent iamais.
Mon éclat sert aussi de belle couuerture
Aux plus sales defauts que fasse la nature.
Quelque laide qu'on soit; auec des diamans,
De l'argent, & de l'or, on trouue des amans.
Vne petite naine, vne more & camuse,
Vn visage de singe, vne vieille Meduse,
Auec son nez tout plat, & son œil chassieux,
(Tourment des autres nez, cõme des autres yeux.)
Auec son poil de vache, auec sa forte haleine:
Quand on la couure d'or, passe pour vne Helene.
Et bien qu'en chaque membre, à sõ corps attaché,
La nature marastre ait fait plus d'vn peché;
Il n'y sçauroit auoir de si vilaine tache,
Ny de si grand defaut, qu'vn voile d'or ne cache.
Et la plus contre-faite, en se faisant dorer,
Se peut faire seruir, se peut faire adorer.
L'ébene de ses dents sera pleine de charmes,
Pour son front tout ridé, l'on versera des larmes,
Son cuir à faire crible, & son teint de corbeau,
Feront honte aux rayons du celeste flambeau.
Ainsi la couleur d'or a bien plus d'auantage,
Que tout le vermillon qu'on met sur le visage.
Mais quand auray-ie fait, si ie veux raconter,

Mille autres qualitez dont ie me puis vanter?
On ne le ſçait que trop, la choſe eſt aſſeurée,
Ce ſeroit vn diſcours d'eternelle durée.

PAMPHILE.

Prince, qui ne parois qu'entre les demy-Dieux :
N'ayant pas dédaigné de venir en ces lieux,
Où tout l'air retentit du bruit de tes conqueſtes;
Fay-nous la grace entiere; Accorde nos requeſtes.

CHRYSON.

Demandez ſeulement, ſans crainte de refus:
Ie vous accorde tout.

PAMPHILE.

Ah, tu nous rends confus!
La faueur eſt extréme, & n'a rien qui l'égale.

DORANTE.

Grand Prince,

CHRYSON.

De combien veux-tu qu'on te regale?

DORANTE.

Grand Prince, ie ſçay bien que tu peux tout à coup
Soulager tes amis, & leur donner beaucoup:
Tu connois nos beſoins ; & ſans que ie demande,
Ta liberalité ſera touſiours trop grande.

CHRYSON.

Tien, garde cét anneau, dont ie te fay preſent,
Il eſt plus precieux cent fois, qu'il n'eſt peſant.
Il ne faut qu'en frotter les cordons de ta bourſe,
Et l'or en coulera, comme vne eau de ſa ſource.
Pour eſtre heureux au ieu l'eſpace de ſix mois,
Porte-le vn iour, ou deux, au moindre de tes doits.

DORANTE.

O Prince liberal ! ô grace inestimable !
Que l'vne est magnifique, & que l'autre est aimable !

CHRYSON.

L'vn & l'autre est à vous : mais auant mon départ,
D'vn bien plus acheué, ie vous veux faire part.
Mes filles; trauaillez, d'vne ardeur non commune,
A les combler de gloire, & de bonne fortune,
Ne les quittez iamais, & faites leur sçauoir,
Combien auprés de moy vous auez de pouuoir.

EVTIQVE.

Ceux qui d'aueuglement autresfois m'ont blasmée,
Plus aueugles que moy, blessoient ma renommée,
Ils iugeoient sans connoistre, & parloient à credit.
Ce ne sont que faux bruits, I'y voy mieux qu'on ne dit.
Le vif éclat de l'or me donne dans la veuë,
Et charme les beaux yeux, dont le ciel m'a pourueuë.
Ie cours à cét objet dés que ie l'apperçois;
Nul ne va chez Chryson, qu'aussi-tost ie n'y sois;
I'ayme ceux qu'il cherit, i'ay soin de leurs personnes;
Si i'ay des dignitez, de l'honneur, des couronnes,
Si i'ay de la faueur, & du bien, c'est pour eux.
Il ne tient pas à moy qu'ils ne soiët bien heureux.

EVDOXE.

I'ajuste au poids de l'or, celuy de mes harangues;
Plus on a de lingots, plus i'exerce de langues;
Et quand on me fournit des trompettes d'argent,
Ie fais bien resonner vn cantique obligeant.

Pour immortaliser l'éloge d'vn Illustre,
L'ancre n'a pas assez de couleur, ny de lustre.
Ce n'est qu'en lettres d'or qu'on escrit ces beaux
vers,
Qui font connoistre vn homme au bout de l'Vniuers.

EVTIQVE.

Auec le vieux Chryson i'ay grande sympathie,
Dés qu'il quitte le ieu, ie quitte la partie;
Et s'il ne le reprend, ie n'y retourne pas;
En vn mot, sans Chryson ie ne puis faire vn pas.
Tandis qu'on est heureux, & qu'on a les mains
pleines,
Ie donne amis, parens, & valets à centeines;
Mon visage est riant, & mon œil gracieux,
I'accable de bien-faits, i'éleue iusqu'aux cieux:
Mais dés qu'vn accident t'a rauy les richesses,
Mon visage est farouche, & n'a plus de caresses;
Tes amis d'autre-fois ne te connoissent plus;
Implorer leurs secours sont des mots superflus;
Et ceux qui te faisoient des offres nompareilles;
N'ont plus pour toy, ny d'yeux, ny de mains, ny
d'oreilles.

EVDOXE.

Dans ce mesme accident, ie ne puis plus loüer;
Et ma voix, aussi tost commence à s'enroüer:
Si ce n'est qu'elle estale en forme de loüanges,
Des vices, des defauts, & des crimes estranges.
Ceux à qui ie donnois les noms de Generaux,
De Grands, de Conquerans, ne sont plus que
maraux.
Pour les tiltres d'honneur, d'Excellences, & d'Altesse.
Ie découure leur foible, & fais voir leur bassesse;
Ils n'ōt plus de lauriers qui ne soient tous seichez;
Leurs vertus d'autres-fois, passēt pour des pechez;
Et pour

Et pour faire plaisir à la ialouse troupe,
En cent mille façons ma langue les découpe.

EVTIQVE.
presentant vn Miroüer enchanté.

Dorante, cher Dorante, auant que m'en aller,
D'vn spectacle plaisant ie te veux consoler.
Contemple ta fortune au fonds de cette glace.

DORANTE.

Obligeante beauté, que tu me fais de grace!
O fortune, ô grandeurs, ô rauissans appas!
O Dieu, que voy-ie icy? mais que n'y voy-ie pas?

SCENE CINQVIESME.

ZOSIME, EVDEMON, DORANTE, PAMPHILE, CHRYSON, EVTIQVE, EVDOXE.

ZOSIME.
tenant en main vne teste de mort.

Regarde ce miroir, où tu pourras apprendre,
Ce que tes vanitez doiuent enfin attendre.

Zosime & Eudemon ne sōt visibles qu'à Dorāte.

DORANTE.

Ah, cache ton visage, impitoyable mort!

PAMPHILE.

Dorante, quels objets t'espouuantent si fort?

DORANTE.

Ie la voy, ie la voy.

PAMPHILE.

Quelle melancolie,
Réueille en ton cerueau ta premiere folie?

DORANTE.

C'est elle, ie la voy.

EVTIQVE.

Destourne icy tes yeux,
Voy ces charmans objets, ces meubles precieux,
Ces carrosses dorez, ces pompeux équipages,
Ce nombre de cheuaux, de Suiuans, & de Pages.

EVDEMON
monstrant vne Croix.

Considere plustost cét objet de douleurs,
Ce corps meurtry de coups, ces yeux noyez de pleurs.

DORANTE.

Ah fidelle portrait, graué dedans mon ame!
I'ay tort, helas, i'ay tort; ta presence m'entame,
Ie suis, ie suis percé iusques au fond du cœur,
C'est assez resisté, ie me rends.

PAMPHILE.

Le mocqueur.
On diroit, à l'oüir, qu'vn feu diuin l'embrase,
Et qu'il est sur le point de souffrir quelque extase.
D'où luy vient ce transport? a-t'il perdu le sens?

EVTIQVE.

Les biens qu'on te promet, sont-ils pas rauissans?
Quoy! cét illustre rang, cette charge honorable?
Cette faueur d'vn Roy, n'est pas considerable?

ZOSIME.

Considere plutost ces deux yeux enfoncez,
Ce nez rongé des vers, & ces traits effacez.
Nous te verrons bien-tost paroistre en mesme sorte.

DORANTE.

A cét horrible aspect, mon esprit se transsporte,
Ie la voy cette mort, elle me fait sentir,
Que c'est le point fatal où tout doit aboutir.

PAMPHILE.

Dorante, mon amy, c'est vne phrenesie;

CHRYSON.

Dorante, mon enfant, ce n'est que fantaisie.

EVTIQVE.

Dorante, vous révez, nous le connoissons bien.

EVDOXE.

Comment vois-tu la mort, où nous ne voyons rien?

PAMPHILE.

Chasse de ton esprit l'objet qui t'importune.

ZOSIME.

Dorante: C'est icy ta derniere fortune,
Les biens, & les honneurs n'en sçauroient dispenser,
Le voicy ce destroit, par où tu dois passer.

DORANTE.

O fortune, ô destroit, ô supplice, ô martyre!

EVDEMON.

Quoy, mourir vn supplice! oses-tu bien le dire!
Voyant vn homme-Dieu, qui par son propre choix,
Pour toy, pour ton salut, rend l'esprit sur la croix?
Imite cét exemple, & ly dans ce beau liure,
Comme tu dois mourir, & comme tu dois viure.

DORANTE.

Characteres sanglants, dure & douce leçon,
Ah, que vous m'instruisez d'vne estrange façon!

EVTIQVE.

Voy ces Nymphes de Cour superbement parées,
Ces augustes Palais, & ces chambres dorées.

ZOSIME.

Voy ces os décharnés, ce crane sec, & ras,
Voilà, dans peu de iours, tout ce que tu seras.
Il auoit autre-fois la cheuelure blonde,
Les éclairs de ses yeux rauissoient tout le monde,
Il estoit comme toy : tu seras comme luy.

CHRYSON.

Ieune fou, veux-tu donc réver tout auiourd'huy?
Pourquoy t'estonnes-tu d'vne vaine figure,
Qui ne t'approchera, de cent ans, qu'en peinture?

SCENE SIXIESME.

ANDROMIQVE, DORANTE, PAMPHILE.

ANDROMIQVE parlant à son Chien.

TEy Mirau mon valet, Allons à la curée!
Mais voicy des gaillards, pour passer la soirée,
Il les faut aborder. Pamphile, Dieu te gard!

PAMPHILE.

Andromique bon soir.

ANDROMIQVE.

Que fais-tu là si tard?

PAMPHILE.

Ie m'y viens diuertir auec l'amy Dorante,
Mais c'est vn songe-creux.

ANDROMIQVE.

Qu'est-ce qui le tourmente?

PAMPHILE.

La mort, à ce qu'il dit, le vient prendre au collet.

ANDROMIQVE.

O Voire?

PAMPHILE.

Tout à bon.

ANDROMIQVE.

A-t'il l'esprit follet?
Ou le timbre affligé?

PAMPHILE.

Ce n'est pas ma creance,
Mais on le iugeroit à voir sa contenance.
Son esprit occupé de ce fascheux soucy,
Ne pense mesme pas que nous soyons icy.
Vois-tu comme il est fait, comme il plaint, comme il tremble,
Comme il roule les yeux!

ANDROMIQVE.

Ah, qu'est ce qu'il ressemble!
Emmenons-le baigner, pour le mieux diuertir,

PAMPHILE.

C'est vn fort bon dessein, s'il y veut consentir.

ANDROMIQVE.

Laisse-moy gouuerner, ie le vay faire rire.

PAMPHILE.

Tu ne feras pas peu, ie te laisse conduire.

ANDROMIQVE.

Tu verras le succés. Hé pauure trépasé,
Vois-tu ce que i'ay prix? n'ay-ie pas bien chasé?
I'eusse pû me charger d'vne plus grosse beste,
Que i'auois mise à bas, d'vn grand coup dans la teste;
Mais elle n'auoit rien tout à fait que les os :
Et ie n'ay pas daigné la mettre sur mon dos.
Ie croy que c'est la mort, ou du moins sa figure:
Vn coup si fortuné m'a donné bon augure.

DORANTE.

Chasseur mon cher amy, tu te vantes beaucoup;
Auoir tüé la mort, ce seroit vn grand coup.
Non, ie ne pense pas qu'elle soit abatuë,
Mais ie crains bien plustost que la mort ne te tuë.

ANDROMIQVE.

Ie te dis sans mentir qu'elle ne souffle plus.

DORANTE.

Quand i'en serois d'accord, qu'est-ce que tu conclus?

ANDROMIQVE.

Qu'il faut rire, danser, sans réver dauantage,
Et s'aller rafraischir dans ce ioly bocage.
Nous y rencontterons vn large, & clair ruisseau,
Où l'on void le grauier iusques au fonds de l'eau.
Tous les objets voisins se baignent dans son onde;
Et sa face liquide en peintures feconde
Monstre tout à la fois le ciel, la terre, & l'air:
L'aigle y semble nager; & le brochet voler.

De moy, quoy qu'il me couste, il faut que ie me baigne,
Ie sens trop de chaleur, il faut que ie l'esteigne.
Venez si vous voulez : Car ie n'attends plus rien.

PAMPHILE.

Allons Dorante, allons.

DORANTE.

Allons, ie le veux bien.

SCENE SEPTIESME.

ZOSIME, EVDEMON.

ZOSIME.

ESprits plongez dans la matiere,
Qui tenez le bas élement:
Ah, que ie pleind l'aueuglement,
Qui vous a sillé la paupiere!
Vous prenez le iour pour la nuit,
Vous n'aimez que ce qui vous nuit,
Vous vous fondez sur l'inconstance;
Vous voulez partager vn point,
Et trouuer de la consistance,
Dans vne ombre qui n'en a point!

EVDEMON.

Vous tenez pour chose assurée,
Ce qui n'est que desguisement;
Et ce qui passe en vn moment,
Vous paroist de longue durée;
Vous nommez les sages des fous,
Ce dur exil vous semble dous,
Et vous fuyez vostre patrie;
Immolant à la vanité,
Par vne horrible idolatrie,
Tous les biens de l'Eternité.

ZOSIME.

Dans toute la ronde machine,
Il n'est rien de si bien caché,
Quand vous l'auez vn peu cherché,
Dont vous ne trouuiez l'origine :
Vous auez les esprits aigus,
Et voyez mieux que des Argus,
Tout ce qui n'a que l'apparence :
Mais pour ce qu'il faudroit sçauoir,
Vous en estes dans l'ignorance,
Et n'auez point d'yeux pour le voir.

EVDEMON.

Vous lancez les bestes sauuages,
Dans leurs plus espaisses forets;
Et vous sçauez tendre vos rets,
Aux plus cachez de leurs passages;
Vous sçauez où vient l'ambregris,
Où naissent les pierres de prix,
Le Rubis, l'Opale, & l'Agate;
Au sein des plus profondes eaux,
Vous trouuez la fine escarlate,
Et le sucre dans ses roseaux.

ZOSIME.

Vous sçauez que les perles fines,
Ne croissent pas sur le buisson,
Vous ne iettez pas l'hameçon,
Dessus la croupe des collines;
Vous n'allez pas sur les Ormeaux,
Pour prendre l'or à leurs rameaux,
Mais dans la mine qui l'enserre.
Pourquoy donques Ambitieux,
Cherchez vous vn bon-heur en terre,
Qu'on ne trouue que dans les Cieux?

Fin du quatriesme Acte.

ACTE V.

SCENE PREMIERE.

CLEON, ALIDOR, Villageois.

ALIDOR.

Mon pere, où estes-vous ? ô chose pitoyable!
O destin mal-heureux ! accident effroyable!

CLEON.

Qu'est-ce donc mon enfant?

ALIDOR.

O desastre, ô mal-heur!
I'en ay le cœur outré d'vne extreme douleur.

CLEON.

Dy moy, sans plus tarder, cette triste nouuelle,
Tu me tiens en suspens.

ALIDOR.

O fortune cruelle!
Tandis que ie cherchois au bord de ce ruisseau,
Quelque peu de bois mort, pour en faire vn faisseau,
Trois ieunes compagnons à peu pres de mon âge,
Se viennent presenter dessus l'autre riuage,
Plus beaux que le Soleil, plus droits que des sapins,
Plus gentils, plus polis que de petits lapins,

Là, s'estans despoüillez de leurs habits de soye,
Ils sautoient, ils dansoient, ils bondissoient de
ioye:
Ie les trouuois disposts comme des écurieux,
Et nos petits cheureaux ne sçauroient faire mieux.
Mais apres mille sauts, apres mille gambades,
Apres s'estre donné mille & mille estocades,
L'vn des trois sur le point de se ietter dans l'eau
Pour essayer le bain, & sonder le ruisseau.
Comme s'il rencontroit quelque forte barriere,
Par trois fois se reprend, & retourne en arriere;
Ie ne sçay quelle horreur l'arreste sur ses pas,
Il auance, il recule, il veut, & n'ose pas.
Les autres se piquants d'vn plus noble courage,
S'élancent au milieu, s'exercent à la nage,
Et découpent les eaux en cinquante façons,
Aussi legerement que feroient des poissons.
Mais, à quoy se termine vn plaisir qui se fonde
Sur les flots inconstans, & les vagues de l'onde?
Le plus agé des deux, qui nageoit sur son dos,
Sent vne froide humeur se glisser dans ses os,
Qui luy roidit les nerfs, & le rend immobile.
Aussi-tost il s'escrie; Ah Pamphile, Pamphile,
Ie meurs, helas, ie meurs! O perfide élement!
Compagnons au secours, ie perds le mouuement!
Dieu du Ciel pardonnez; l'autre croid qu'il se
moque.
Et venant lentement, void que l'eau le suffoque.
Il voudroit s'esloigner, mais il n'en est plus temps;
L'infortuné se prend à ses cheueux flottants,
L'embarrasse d'abord, l'incommode, le gesne,
De là vient au collet, s'en saisit, & l'entraisne.
Ainsi coulans à fond, l'vn à l'autre accrochez,
Il ne s'en parle plus, les voilà despechez.

CLEON.

O funeste accident! folle, folle ieunesse,

Hé que si tu croyois ce que dit la vieillesse !
Tu ne tomberois pas dans de si grands mal-heurs;
Tu ne cousterois pas aux parens tant de pleurs;
Fuyant, par leur conseil, la desbauche, & le vice,
Tu viurois plus long-temps , pour leur rendre seruice.
Tu les soulagerois dans leur necessité,
Tu serois le baston de leur caducité.
Ce que nous amassons auecque que tant de peine,
Seroit entre tes mains vne chose certaine,
Et tu pourrois iouïr, sans trauaux, ny dangers,
Des biens que nous voyons passer aux estrangers.
Mais, si quelque parent, que le temps a fait sage,
Veut vn peu moderer la chaleur de ton âge:
Voicy ce que tu dis. Hé le pauure vieillard,
Laissons-le tempester, ce n'est qu'vn babillard!
Nous ne faisons iamais à son gré rien qui vaille;
Ce n'est plus qu'vn réveur, vne vieille medaille.
Son temps passe, il est fou, c'est vn vieux radotteur.
Et tu crois bien plustost quelque ieune flatteur,
Qui de tes libertez camarade & complice,
S'accorde, & condescend à ton mauuais caprice,
Et dans tes passions contentant son desir,
Trouue son interest à te faire plaisir.
Et puis qu'arriue-t'il? ie ne sçay plus qu'en dire?
Le monde à mon auis, tous les iours deuient pire;
Il n'est que trop certain, nous voyons qu'en ce temps,
On a plus de malice à l'âge de sept ans,
Qu'on n'en auoit iadis à vingt & cinq ou trente.
Il n'est plus de franchise, elle n'est qu'apparente.
Il n'est plus d'amitié, de vertu, ny d'honneur :
Et dans le seul plaisir on met tout son bon-heur.
Quel remede à cela: C'est vn mal incurable?
La ieunesse auiourd'huy ne craint ny Dieu, ny Diable.

Mon fils, si tant d'excés emportoient tes desirs:
Tu me ferois mourir de mille déplaisirs.
Mais acheue, en trois mots, l'histoire commencée.

ALIDOR.

Ie vous ay raconté comme elle s'est passée.
Il n'en reste plus qu'vn.

CLEON.

Qu'vn ! de combien?

ALIDOR.

De trois.
Il est au désespoir, n'oyez-vous pas sa voix?
S'il n'a quelque secours, ie crains qu'il n'y demeure;
Allons le soulager.

CLEON.

Allons, à la bonne heure,
Marche, passe deuant.

SCENE SECONDE.

DORANTE, CLEON, ALIDOR.

DORANTE.

HElas, mes chers amis,
Vous voyez l'accident que le Ciel a permis.
De grace, prestez moy vostre main secourable;
Assistez, s'il vous plaist, vn pauure miserable;
Ne m'abandonnez pas, dans cette extremité.

CLEON.

Monsieur, vsez de nous en toute liberté.
Nous sommes bien grossiers, mais non pas insensibles;

Nous

Nous tenterons pour vous, toutes choses possibles.

DORANTE.

Faites-moy la faueur de tirer sur le bord,
Ces restes mal-heureux des flots, & de la mort.

CLEON.

Ouy dea, tres-volontiers; la raison le demande.
Là, despesche Alidor, fay ce qu'on te commande,
Entre dans le ruisseau, descend, encor plus bas,
Tiend ferme, prend les pieds, & me laisse les bras;
Ah les pauures enfans, n'est-ce pas grand dõmage!
Apprend mon fils, apprend cõme il faut estre sage.

Ils tirét les corps sur la Scene.

SCENE TROISIESME.

DORANTE seul.

Pamphile, objet fatal de ma folle amitié!
Tu n'es donc à present, qu'vn objet de pitié?
Et le Ciel auiourd'huy marquãt ta derniere heure,
Ton esprit a quitté sa premiere demeure!
Où sont tous ces thresors, dõt Chryson te flattoit?
Ces honneurs, ces plaisirs, que l'on te promettoit?
Cette faueur des Grands, ces riches diadémes,
Cette fortune d'or, ces dignitez suprémes,
Tout ce grand appareil, d'illustres actions,
De desseins genereux, & de pretentions?
O vains amusemens, ô fausses esperances!
O folles vanitez, trompeuses apparences!
Las, il n'en reste plus que l'ombre seulement,
Tout cela s'est fondu, dans vn petit moment.
Où sont, Pamphile, où sont les traits de ton visage?
Les esprits rayonnans de cette viue image?
Les charmes de ta voix, les éclairs de tes yeux,
Ce teint si delicat, ce port si gracieux,

Cette agreable humeur, cette santé si ferme,
A qui l'on eust donné plus de cent ans de terme?
Las, il n'en reste rien qu'vn triste souuenir,
Tout cela s'est passé pour ne plus reuenir!
Ce n'est dõc pas en vain, que la mort nous menace,
Il n'est point de beaux traits que sa rigueur n'efface,
Elle frappe de prés, elle blesse de loin,
Pamphile, tu m'en sers de fidele tesmoin.
Mais, qui sçait maintenant, aprés tant de delices,
Si tu ne souffres point quelques rudes supplices?
Ie ne puis le sçauoir, c'est vn trop grand secret,
Le desir de l'apprendre en est mesme indiscret.
Ie voy bien que ton corps s'écoule en pourriture,
Que l'odeur qu'il répand, presse sa sepulture,
Et que, dans peu de iours, les vers l'auront mangé.
Mais, qui me pourroit dire où l'esprit est logé?
Cét esprit immortel? Ie fremis quand i'y pense;
Est-il dans les tourmens, ou dans la recompense?
O mystere estonnant! gesne de nos esprits!
Extase de nos sens! Quand t'auray-je compris?

SCENE QVATRIESME.

Icy Dorãte [illegible] e exstasié.

DORANTE, ZOSIME, ASTREE, ANDROMIQVE, PAMPHILE, EVDEMON, PIRASTE, POLEMON, HERMES.

ZOSIME.

Les [illegible]

VOûtes du Firmamẽt, qui roulez sur vos poles,
Escoutez, en tremblant, le son de mes paroles.
Et vous, terre maudite, insensible élement,
Oyez, oyez ma voix, auec estonnement.
Sus cadavres puants, cendres inanimées,
Escoutez de la part du grand Dieu des armées.
En attendant le iour du Iugement final,

Ie vous cite auiourd'huy deuant son Tribunal.
Bons, & mauuais esprits, tesmoins de leur malice,
Accompagnez icy la Diuine Iustice.
Quiconque est innocent, quiconque est criminel,
Qu'il vienne entendre icy son Arrest eternel.
Sus morts, leuez-vous donc, venez en diligence,
C'est ainsi que l'ordonne vn Dieu plein de vengeance.

ANDROMIQVE.

Espouuentable iour !

PAMPHILE.

O iour plein de terreur!

ANDROMIQVE.

O Iuge redoutable !

PAMPHILE.

O Diuine fureur !
Pour me mettre à couuert d'vne telle tempeste,
Rochers, monts sourcilleux, creuez-vous sur ma teste.

ANDROMIQVE.

Helas, Princes du ciel, troupes des Bien-heureux!
Tirez moy, s'il vous plaist, d'vn pas si dangereux.

ASTREE.

Que l'on n'espere plus de pardon, ny de grace :
Le temps en est passé, i'en vien prendre la place.
Maintenant, c'est à moy de paroistre à mon rang,
Et de desalterer mon glaiue dans le sang.
Il faut rompre l'obstacle, & renuerser la bonde;
Il faut que le Torrent de ma Colere inonde.
L'effort de la Douceur ne peut plus m'arrester,
Il faut, enfin, il faut qu'on me laisse éclatter.
Ie veux faire connoistre à ces grains de poussiere,

Qu'on ne doit pas s'en prendre à l'essence premiere.
Ie veux faire sentir à leur temerité,
Ce que peut faire vn Dieu quand il est irrité.
Sus, que les criminels viennent en ma presence :
Que leurs biens & leurs maux soient mis dans ma balance;
Et qu'il ne reste point de crime si caché,
Qui par quelque tesmoin ne leur soit reproché.
Mais, qu'on ne pense pas me deguiser les choses,
Ie les sçauois auant qu'elles fussent écloses ;
Ie voy dans l'auenir, & mes regards vainqueurs
Penetrent les secrets, & l'abysme des cœurs.
De tout ce qui se fait, rien n'échappe à ma veuë;
Ie ne puis deceuoir, non plus qu'estre deceuë.
La faueur, les presens, la crainte, & l'interest,
Ne sçauroient alterer, ny changer mon Arrest.
De quelques assesseurs que ie sois inuestie;
Ie suis pourtant icy tesmoin, iuge, & partie.
Ce n'est que par honneur que ie les fais venir,
Pouuant auec vn mot, & conuaincre, & punir.

PIRASTE.

Condamnez ce meschant, d'estre mis à la gauche
Il a vescu trois ans, dans l'extréme débauche,
Et la mort l'a surpris en ce mauuais estat,
Donnez, donnez-moy donc, ce maudit Apostat.

ASTREE.

Ton accusation semble trop generale.

PIRASTE.

Il a sollicité la puissance Infernale,
Pour auoir des plaisirs, & du bon-heur au ieu.
Quoy, n'est-ce pas assez pour meriter le feu?

ZOSIME.

Il a fait, mille fois, vne guerre mortele,

A ce cher nourrisson, que i'ay sous ma tutele.
Si ie luy suggerois quelque bon sentiment
De la Mort, de l'Enfer, du dernier Iugement:
D'abord il s'en mocquoit, & par ses railleries,
Toutes ces veritez passoient pour réveries;
Et le pauure garçon en estant diuerty,
Se rendoit à la fin, & prenoit son party.
O Reyne, punissez vne telle malice!
I'en demande raison, i'en demande iustice,

EVDEMON.

Ne me regarde point, non, non, c'est t'abuser.
Ie ne rencontre rien qui te puisse excuser.
Lors que ie t'ay fourny les moyens de bien viure;
Tu t'es mocqué de moy, refusant de les suiure:
Cherche vn autre garãt, cherche vn autre soustiẽ,
Cherche vn autre tuteur; ie ne suis plus le tien.

HERMES.

I'ay souuent annoncé les terribles menaces,
Que Dieu fait aux ingrats qui mesprisent ses graces;
I'ay parlé mille fois de ce dernier moment,
D'où dépend vn estat qui dure incessamment.
I'ay fait sonner bien haut, à toutes les oreilles,
Du mal-heur eternel les rigueurs nompareilles:
L'esprit de verité s'expliquant par ma voix,
A condamné le monde, & ses iniques loix:
I'ay repris le peché, iusqu'à perte d'haleine.
Mais, i'ay perdu mon temps, mon estude, & ma peine.
Ce cœur impenetrable, & plus dur que le fer,
Ne peut estre amolli que par le feu d'Enfer.

POLEMON.

Escoutez ce que dit mon grand liure de compte,
C'est icy, l'insolent, qu'il doit rougir de honte.

Silence, commençons; Ie trouue en premier lieu,
Deux mille iuremens du sacré nom de Dieu.
Item, qu'il a volé cent escus à son pere,
Trois collets, vne bague, & vingt francs, à sa mere:
A son oncle, vn bassin, deux bijous à sa sœur;
Et que tout ce butin fut, ou pour vn danseur,
Ou pour vn cabaret, & pour vne raquette;
Ou pour vn berlandier, & pour vne coquette;
Ou pour la Comedie, & pour les Charlatans;
Ou pour se diuertir en d'autres passe-temps.
Item, qu'à ses parens, vingt fois, il eust enuie,
Qu'vn funeste accident rauist l'ame, & la vie.
Item, que mille fois, par d'infames efforts,
En profanant son ame, il a soüillé son corps.
On compteroit plustost tous les replis des ondes,
Que ses sales discours, & ses desirs immondes.
Aussi les plus ardents, & plus grands de ses soins,
Furent pour des plaisirs de boucs, & de marsoins.
Item, que par son cœur, & ses yeux de Lamie,
Il a changé l'Eglise en vn lieu d'infamie.
Et qu'aux iours destinez pour rendre hommage à
Dieu.
Cent fois, au lieu de Messe, il n'a pensé qu'au jeu.
Item, que seize fois, trop de vin dans sa teste,
En noyant sa raison, l'a fait deuenir beste.
Item, qu'il s'est mocqué, quarante & quatre fois,
De la Religion, & de ses sainctes Loix.
Item, que sans respect, ny d'Autels, ny de Temples,
Il a donné par tout mille mauuais exemples.
Item, dix & neuf fois, que, comme vn faux Iudas,
Plus obstiné que luy, plus fier que ses Soldats,
A la table d'vn Dieu, portant vn cœur de traistre,
De sa bouche profane, il a baisé son Maistre.
Aprés que par feintise, & sacrilegement,
Il auoit abusé d'vn autre Sacrement.
Item, que pour vn mot, à l'ombre d'vne offence,
Cent fois il a tramé des desseins de vengeance.

Item,

ASTREE.

C'est trop, c'est trop.

POLEMON.

Acheuons son procés,
Mon papier est chargé de mille autres excés.
Item,

ASTREE.

Non,nc[illegible]t trop:n'en dis pas dauantage;
La nuict, le feu, l'Enfer, seront son heritage.
L'Enfer, cette prison de tous les criminels,
Que ma haine abandonne aux tourmens eternels;
L'Enfer, ce noir cachot, cette affreuse cauerne,
Où regne le desordre, où la rage gouuerne;
Où le vain repentir, les inutiles pleurs,
Les desirs sans espoir, augmentent les douleurs;
Où le feu deuorant, que mon courroux allume,
Iamais ne s'affoiblit, & iamais ne consume.
Où les esprits maudits, l'vn sur l'autre entassez
Passent, de ces brasiers, en des estangs glacez;
Roulants incessammẽt, du froid, dans la fournaise,
De la braise, aux glaçons; des glaçons, en la braise.
Où d'esprit, & de corps, l'homme esclaue est sou-mis,
A de cruels bourreaux, qui sont ses ennemis.
Où l'ame, à tous les maux, sans relasche, est en proye,
Où iamais le chagrin ne fait place à la ioye,
Où les moindres momẽs, sont des siecles d'ennuis,
D'immortelles fureurs, & d'eternelles nuicts.

PAMPHILE.

Est-ce dans ces mal-heurs que le destin m'ẽgage?

ASTREE.

Perfide, oses-tu bien vser de ce langage?

Quoy? tu ne respons rien à tant d'accusateurs?
Sont-ce de faux tesmoins, sont-ce des imposteurs?
Que dis-tu mal-heureux, où sont tes reparties?
Parle, oppose, confond, si tu peux, tes parties.
Mais tu ne sçais que dire, infame, audacieux,
Tu pretens me corrompre auecque tes doux yeux.
Tu crois par tes soûpirs, & par l'eau de tes larmes,
Esteindre ma colere, & m'arracher les armes?

PAMPHILE.

O ma Reyne!

ASTREE.

Ta Reyne! Hé quand l'aurois-je esté?
Lors que tu me brauois, auec impunité?

PAMPHILE.

Helas, ie te coniure, ô Princesse Diuine!

ASTREE.

Que tu traitois plus mal, qu'vne pauure coquine.

PAMPHILE.

Par ta couronne d'or!

ASTREE.

Que tu voulois m'oster!

PAMPHILE.

Par ce bras tout-puissant!

ASTREE.

Qui ne t'a pû domter!

PAMPHILE.

Par l'éclat de tes yeux!

ASTREE.

Ils ont veu tes malices,

Et doiuent estre aussi tesmoins de tes supplices.

PAMPHILE.

Par tes plus chers amis,

ASTREE.

Tu n'és plus en ce rang.

PAMPHILE.

Par ce glaiue,

ASTREE.

qui doit s'enyurer de ton sang.

PAMPHILE.

Par toute l'équité de tes iustes balances.

ASTREE.

Le poids de tes forfaits, & de tes insolences,
Emporte le bassin qui panche à la rigueur.

PAMPHILE.

Par ce qui doit te vaincre, & t'amollir le cœur,
Par toutes les douceurs de IESVS-CHRIST mon Maistre.

ASTREE.

Il ne te connoist point qu'en qualité de traistre.

PAMPHILE.

Par le sainct charactere, & le nom de Chrestien.

ASTREE.

N'emprunte point ce nom, qui ne fut iamais tien.

PAMPHILE.

O Reyne, pardonnez!

ASTREE.

Moy, que ie te pardonne?

Contre le droict diuin, & les loix que ie donne!
Maintenant le pardon n'entre plus en quartier,
Il faut que la Iustice exerce son mestier.

PAMPHILE.

I'en appelle au Parquet de la Misericorde.

ASTREE.

Execrable, effronté, crois-tu qu'on te l'accorde?
Aprés l'auoir ça bas mille fois recusé.
Se faut-il estonner qu'il te soit refusé?

PAMPHILE.

Il est vray, i'ay peché contre la Loy diuine.
O ver, horrible ver, qui ronges ma poitrine!
O carnacier Vautour qui me vas becquetant,
O remors importun! Quand seras-tu content?
Ie voy de tous costez vne affreuse tempeste,
Ie voy mille carreaux qui fondent sur ma teste.
Si i'éleue les yeux, ie suis remply d'effroy;
Tous les astres du ciel sont liguez contre moy.
Si ie regarde en bas, la terre ouure son ventre,
Et ie suis menacé de tomber iusqu'au centre.
O Reyne as-tu le cœur plus dur que le rocher?
Vn mal comme le mien doit-il pas te toucher?

ASTREE.

Ie m'en ris, ie m'y plais; C'est ainsi qu'il me touche.

PAMPHILE.

Tu t'en ris, tu t'y plais! ô barbare! ô farouche!
Falloit-il me donner des sentimens charnels,
Pour me precipiter en des feux eternels?

ASTREE.

Tu pouuois les domter, & tu le deuois faire.

PAMPHILE.

Helas, ie n'auois pas le flambeau qui m'éclaire.

ASTREE.

N'auois-tu pas la foy, l'esprit & la raison?

PAMPHILE.

Mais pourquoy suis-je né d'vne riche maison?

ASTREE.

C'estoit pour assister les pauures miserables,
Et non pas pour tramer des crimes execrables.
Mais il faut prononcer ton Arrest solennel:
Va maudit auorton, au brasier eternel.

PAMPHILE.

Que ne fais-tu plustost, que par vn coup de foudre,
Mon esprit, & mon corps se reduisent en poudre?
Que ne fais-tu plustost, qu'estant anneanty,
Ie retourne où i'estois quand le ciel fut basty.

ASTREE.

Tu viuras, tu viuras, mais pour mourir sans cesse.

PAMPHILE.

O rage, ô desespoir! ô cruelle Princesse!
Ie mourray, sans mourir? ô parole de fer!

ASTREE.

Va, maudit reprouué, dans les flâmes d'Enfer.

PAMPHILE.

Mais, combien dureront des tourmens si funestes?

ASTREE.

Autant que Dieu viura sur les voûtes celestes.

PAMPHILE.

Eternité ! Iamais ! Iamais, Eternité !
Tu dureras autant que la Diuinité !
Tousiours, helas, tousiours ! ô terrible pensée !
Maudite Eternité, quand seras-tu passée ?
Comme peut-on durer dans vn si grand tourment?

ASTREE.

Va maudit l'éprouuer, & tu sçauras comment.

PAMPHILE.

Au moins, dans les ardeurs de mon ame embrasée,
Tu verseras, peut-estre, vn filet de rosée ?

ASTREE.

Non pas mesme vne goutte.

PAMPHILE.

O grincement de dents !

ASTREE.

Va brusler à iamais dans ces brasiers ardents.

PAMPHILE.

Laisseras-tu couler dans ces antres funebres,
Quelque petit rayon, qui perce mes tenebres ?

ASTREE.

Non, non, iamais, iamais, tant que Dieu sera Dieu,
Tu ne verras le iour dans cét horrible lieu.

PAMPHILE.

Iamais, helas, iamais. O terrible pensée !
Eternité de maux, quand seras-tu passée ?
Mais, Puis qu'il faut aller dans ce feu deuorant,
Pour y mourir sans cesse, & reuiure en mourant;
Du moins vne faueur, ô Reyne pitoyable !
Arrache de mon cœur ce ver insatiable,

Ce bourreau familier, qui me ronge le sein.

ASTREE.

Non, ne m'en parle plus; ce n'est pas mon dessein.
Donne à d'autres le nom de Reyne pitoyable;
Ie suis iuste, & rien plus, ton ver insatiable
Te rongera le cœur perpetuellement;
Et viura dans le feu comme en son element.

PAMPHILE.

O nuict! ô flâme! ô ver! ô prison tenebreuse!
Eternité! longueur à iamais mal-heureuse!
Supplices infinis, tousiours, Eternité,
Vous durerez autant que la Diuinité!
Autant que sa Iustice, autant que sa Puissance!
Autant que sa Grandeur, autant que son Essence!
O rage! ô desespoir! ô grincement de dents!
O brasiers eternels, que vous estes ardents!
Maudit soit à iamais le iour qui m'a veu naistre,
Maudits soient à iamais ceux qui m'ont donné l'estre;
Le sang qui m'a formé, le sein qui m'a conceu,
Les flancs qui m'ont porté, les mains qui m'ont receu;
Maudite soit aussi la nourrice cruelle,
Qui dans mes jeunes ans me donna la mammelle;
Maudits soient à iamais, l'air que i'ay respiré,
Les Cieux qui m'échauffants, m'ont encor éclairé,
Les autres elemens, le feu, la mer, la terre,
Et tout ce que le monde en son pourpris enserre.
Maudit sois-ie moy-mesme, & tous les instrumens
Autant de mes plaisirs, comme de mes tourmens.
Que ne puis-ie sur moy renuerser la nature,
En destruire l'autheur, qui cause ma torture,
Reuoquer son Arrest; ennemy de mon bien,
Et me perdre auec luy, dans l'abysme du rien.

ASTREE.

Ie souffre trop long-temps cette ame criminelle,
Va maudite à iamais dans la flamme eternelle.

PAMPHILE.

O nuict ! ô flamme ! ô ver ! ô rage ! ô cruauté !
Eternité, Iamais, Tousiours, Eternité !

SCENE CINQVIESME.

ASTREE, ANDROMIQVE, DORANTE, POLEMON, PIRASTE, ZOSIME, EVDEMON.

ASTREE.

Qve l'autre vienne oüir sa derniere sentence,
Accusez ; Deffendez ;

ANDROMIQVE.

Grands Saincts, vostre assistance,

POLEMON.

Ie ne puis rien trouuer qui ne soit effacé,
De tout ce qu'il a fait, il s'en est confessé.

PIRASTE.

Il a pris trop souuent le plaisir de la chasse.

EVDEMON.

Ce plaisir innocent ne rauit point la grace.

POLEMON.

Il est mort dans les eaux, comme vn desesperé.

ZOSIME.

Vn bon vent l'a conduit en vn port assuré.

Pource que chaque iour il donnoit des louänges,
Et rendoit quelque hommage à la Reyne des Anges,
Elle l'a secouru dans cette extremité:
Le regret, & l'amour l'ont mis en seureté.

ASTREE.

Vien-çà, vien-çà chere ame, à iamais bien-heureuse,
Qu'vn pudique baiser de ma bouche amoureuse,
Bannissant la douleur, te comble de plaisirs,
Et d'vn bon-heur parfait remplisse tes desirs:
Vien-çà donc hardiment, ma saincte, ma fidele,
Commence à posseder vne gloire eternelle.

ANDROMIQVE.

Charme de nos esprits, sainctes douceurs du ciel,
Torrent de laict diuin, de nectar, & de miel,
Magnifique miroir où ie voy dans le Verbe,
Tout ce qu'il est de beau, de grand & de superbe!
Saincte Hierusalem, adorable Cité,
Seiour delicieux de la felicité!
Qu'il fait bon contempler la Verité premiere,
Viure de ses regards, iouïr de sa lumiere,
Se perdre heureusement dans ce souuerain bien,
Ne souffrir, n'esperer, & ne craindre plus rien.
O l'agreable iour qui commence à me luire!
Icy tout me contente, & rien ne me peut nuire;
Nous n'y redoutons plus, ny l'Enfer, ny la Mort;
Nostre voyage est fait, & nous sommes au port.
Adieu regrets, soûpirs, espoir, desirs, & craintes,
Nous voicy dans la gloire, exempts de vos atteintes.
Le peché, la douleur, la peine, le soucy,
Et nul des autres maux, n'ose approcher d'icy.
Loin de tous les mal-heurs, & de tous les supplices,

On y gouste à souhait de celestes delices;
Vne parfaite amour, vne profonde paix,
Et tous les autres biens y regnent à iamais.
O Dieu, que de plaisir d'entonner vos loüanges,
Auec le Chœur des Saincts, & la troupe des Anges!
D'entrer dans les secrets de la Diuinité,
Regarder fixement toute la Trinité,
Sonder ce grand abysme, & voir en ce mystere,
Le Pere dans le Fils, le Fils dedans le Pere!
Dans ce Pere & ce Fils, l'Esprit qui n'est qu'amour.
Comme de trois Soleils, qui font vn mesme iour,
Les rayons eclattans compliquez par ensemble,
Dans l'estroite vnion du nœud qui les assemble,
Sont pourtant differents; & quoy qu'en mesme point,
L'vn dans l'autre meslez ne se confondent point.
O merueilleux objet dont la beauté m'attire!
Que ie voy clairement, & que ie ne puis dire!
O transport de mon ame! O mon diuin Espous!
Vous serez tout à moy, ie seray toute à vous!
Allons à cette gloire; Allons sans plus attendre.
O bon-heur infiny, que ie ne puis comprendre!
Heureuse Eternité, tu dureras long-temps:
Mais rien ne dure trop à ceux qui sont contents!

SCENE SIXIESME.

DORANTE
reuenu de son extase.

QV'ay-je veu, Dieu du Ciel? ô prodige, ô miracle!
Ne peut-il voir au monde vn plus affreux spectacle?
Mais est-ce par effet, ou si c'est en révant!
Que suis-je deuenu? suis-je mort, ou viuant?
Dorante, est-ce toy-mesme, ou quelque autre personne?
Est-ce l'ombre du mal, ou le mal qui t'estonne?
Non, ie ne réve point, mon esprit est à soy.
C'est d'vn mal effectif vn veritable effroy.
Il n'en faut plus douter, Dorante, c'est toy-mesme.
O supplice, ô terreur, ô chastiment extréme!
Doncques il faut mourir: Et nous ne sçauons pas,
Le lieu, ny la façon, ny l'heure du trespas?
La mort frappe son coup, lors que moins on y pense,
Les Papes, & les Roys n'en ont point de dispense.
Donc en ce dernier point, en ce triste moment,
On subit la rigueur d'vn estroit iugement.
Il faut rendre raison de la moindre pensée,
D'vne parole oiseuse, & sans fruict prononcée!
Le plus petit clein d'œil, la plus mince action
Trouue sa recompense, ou sa punition.
I'ay veu sur mon voisin fondre cette tempeste,
Et ie ne craindray pas qu'elle écrase ma teste?
Pour vn petit plaisir, pour vne vanité,
Ie seray mal-heureux à toute eternité?
Au moins, si ce tourment auoit quelques limites;
Au bout de cent mille ans, si nous en estions quittes?

Encore ce seroit quelque soulagement,
Mais souffrir à iamais, tousiours, incessamment.
O iamais, ô tousiours, ô longueur effroyable!
Et tu veux pour iamais estre si miserable?
Helas, & qui pourroit, à moins d'estre insensé,
Ne craindre pas vn mal qui iamais n'est passé.
Pour vn plaisir si court, vne eternelle flamme?
Pour vn plaisir si court, perdre le corps & l'ame?
Pour vn plaisir si court, tant & tant de mal-heurs?
Pour vn plaisir si court, d'eternelles douleurs?
Non, non, Dorante, non, il faut estre plus sage,
Il se faut destourner d'vn si mauuais passage;
Il faut, si nous pouuons, eschapper ce danger:
L'Enfer n'est pas plaisant; il se faut mieux loger.
Pense donc, mal-heureux, à chercher de bonne heure,
Vne plus agreable, & plus saincte demeure.
Au moins, si dans l'horreur de cet infame lieu,
En perdant tout le reste, on ne perdoit pas Dieu,
Encore la rigueur en seroit supportable:
Mais perdre sans resource, vn objet tant aymable,
Ne pretendre plus rien à la Diuinité,
Estre ennemy mortel de cette Majesté,
Attirer ses carreaux, sa haine, & sa disgrace,
Estre indigne de voir vn rayon de sa face;
C'est l'vnique mal-heur qu'on ne peut supporter,
C'est l'vnique mal-heur qu'il nous faut euiter.
Dorante, il faut aller dans ce lieu de delices,
Quand il faudroit souffrir d'innombrables supplices.
Adieu plaisirs mondains, à Dieu donc vanité,
Si vous me separez de la Diuinité.

SCENE SEPTIESME.

CYTHEREE, DORANTE, CHRYSON, EVTIQVE.

CYTHEREE.

HE quoy, Dorante, hé quoy, mon mignon, tu me quittes,
Pourras-tu te passer de mes douces visites?

Elles le tirẽt par derriere.

DORANTE.

Trompeuse volupté, n'approche plus de moy,
I'attends d'autres plaisirs.

CHRYSON.

Hé quoy, Dorante, hé quoy?
Tu méprises Chryson, son or, & ses largesses?

DORANTE.

Va meschant affronteur, i'attẽd d'autres richesses.

EVTIQVE.

Ne me regarde pas auec tant de froideur.

DORANTE.

Garde tes dignitez, ta pompe, & ta grandeur,
Qu'il ne m'en reste pas seulement la memoire:
Mes desirs võt plus loin, I'attẽds vne autre gloire,
Vn feu plus épuré s'est saisi de mon cœur:
Il en est le Monarque, il en est le vainqueur,
Et ses sainctes ardeurs qui bruslent dãs mon ame,
En ont absolument chassé toute autre flãme.
Ses rayons m'ont guery de mon aueuglement,
I'abhorre mes erreurs, & mon déreglement.
Dans les viues splendeurs d'vne telle lumiere,
Ie condamne à l'oubly ma vanité premiere.
La source des vrais biens à mon esprit offerts,

Me force doucement à briser tous mes fers ;
Allez trompeurs appas, ie renonce à vos charmes:
Allez plaisirs mondains, faites place à mes larmes;
Allez sots instrumens de nostre ambition,
Filets tissus de baue, & de corruption;
Allez source de maux, terre iaune, & recuite,
Metal ensorcelé, que l'Enfer nous debite.
Puis qu'il s'agit d'vn bien, ou d'vn mal eternel;
Ie ne veux plus de vous, & fais vœu solennel,
A la face du ciel, & de toute la terre;
De vous faire, sans fin, vne cruelle guerre.

Il quitte tout, & se couure d'vn sac.

Fin du cinquiesme & dernier Acte.

EPILOGVE.

LA MORT.

On tient que ie feray l'Epitaphe du monde;
Que ie le dois grauer sur la terre, & sur l'öde;
Et me perdre moy-mesme aprés ce grand projet:
Cela ne se dit pas sans beaucoup de sujet.
Ie l'aurois desia fait, si l'heure estoit venuë,
Iamais autre qu'vn Dieu, ne m'auroit retenuë.
Mais enfin, tost ou tard, nous en viendrons à bout,
Et le monde apprendra que ie mets fin à tout.
Ie feray tout de bon, dans toute la nature,
Ce qu'à present ie fais seulement en peinture.
Au poinct que l'Vniuers sera prest à finir:
Au bout du dernier acte on me verra venir.
Pourquoy le desguiser ? il faut que ie le die ;
Tout ce monde visible est vne Tragedie.
Ie la termineray, Dieu l'ordonnant ainsi.
N'est-ce donc pas à moy de fermer cette-cy?
Adieu. Nous nous verrons. Vous n'auez que l'image.
Craignez la verité mille fois dauantage.

Fin de la Tragi-comedie.

Clef des Personnages.

MISANDRE.	Represente le peché.
DORANTE.	La ieunesse agitée de diuers mouuemens, sur le choix du party qu'elle doit prendre.
PAMPHILE.	Le desbauché.
CYTHEREE.	La Volupté.
ZOSIME. EVDEMON.	Les bons Anges.
PIRASTE. POLEMON.	Les mauuais Genies.
CHRYSON.	Les Richesses.
ANDROMIQVE.	Le Chasseur.
EVTIQVE.	La Fortune.
EVDOXE.	La Renommée.
ASTREE.	La Iustice Diuine.
HERMES.	Le Predicateur.

La Scene est à Cosme, c'est à dire, par tout le monde.

Extraict du Priuilege du Roy.

PAr Grace & Priuilege du Roy. Il est permis à IEAN HENAVLT, Maistre Imprimeur & Marchand Libraire de cette ville de Paris, d'imprimer ou faire imprimer, vendre & debiter, vn Liure, intitulé, *Le Sage Visionnaire, Tragicomedie*, pendant le temps & espace de dix ans. En faisant tres-expresses inhibitions & deffences à toutes personnes, de quelque qualité & condition qu'elles soient, d'imprimer ou faire imprimer, vendre & debiter ledit Liure, sans le consentement dudit Exposant, à peine de cinq cens liures d'amande, confiscation des Exemplaires, & de tous les despens, dommages, & interests : comme il est plus amplement porté par ledit Priuilege. Donné à Paris, le neufiesme iour de Septembre, l'an de grace mil six cens quarante-sept.

Signé Par le Roy en son Conseil, MYTHON.

Acheué d'imprimer le 13. Decembre 1647.

Les Exemplaires ont esté fournis.

www.ingramcontent.com/pod-product-compliance
Ingram Content Group UK Ltd.
Pitfield, Milton Keynes, MK11 3LW, UK
UKHW012050240726
13965UKWH00003B/1176

9 782013 070478